# 僕は君と、本の世界で恋をした。

水沢理乃

JN167620

STARTS
スターツ出版株式会社

描かれた世界を。
あなたの大好きな世界を。

私はあなたと辿り、そして惹かれ合った。
時間を辿るように。
過去にあったはずの愛を確かめるように。

僕は君を求めて、そして恋に落ちた。

私はあなたと。
僕は君と。
本の世界で恋をした。

目次

僕は君と、本の世界で恋をした。

# 第一章　本の世界の彼と私

夏休みに入って八月最初の日曜日。大学構内はとても賑《にぎ》わっていた。今日はオープンキャンパス。同じ柄のTシャツを着た大学生たちが、あちらこちらでプラカードを見せたり、ビラを配ったりしている。その大学生たちの間を、少し緊張した足取りで高校生たちが歩いていた。

そして彼らに話しかけるのと同じように、大学生たちが私にも声をかけてくる。それらをかわしながら進んでいくうちに、人はどんどん増えていく。ここに来たのを後悔したけれど、来た道を戻るのは億劫だったし、私には大学以外に行くところもなかった。

打楽器や管楽器によるマーチが遠くから聞こえてくる。音の源である中央広場まで辿り着けば、真夏の暑さに負けないくらいの熱気を帯びた空間が、私を待ち受けていた。

熱気の中心には長袖学ラン姿の男子大学生ときらびやかなボンボンを持ったチアリーダーの女子大学生たち。彼らはマーチに合わせて大学名を連呼しながら手を振り上げている。それを楽しそうに眺める高校生たちはみんな、未来への期待と希望の光を目に宿しているようだった。

その集団を見ているのがつらくなり、逃げるように講堂の中へと入った。だけどそこも人が列をなしていて、げんなりしてしまう。

今日、大学に来たのは失敗したかな……。

小さく溜息が零れたそのとき。

「文乃《あやの》！」

名前を呼ばれて振り返ると、友人の相沢菜穂《あいざわなほ》が立っていた。

マスカラをたっぷりと塗って目を大きく見せている菜穂は、その濃いメイクには少し似合わないTシャツを着ている。そのTシャツの柄はさっきから何度も見てきたものと同じ。

「菜穂、相談役を引き受けたんだね」

私は少し声を落として言う。

「文乃は？　教授から頼まれてたよね」

「んー、断っちゃった」

菜穂に苦笑いで返す。私には相談役なんて引き受ける資格はない。

私も菜穂も、この大学の一年生。オープンキャンパスでは、進学を希望している高校生たちの相談を一年生が受けることになっている。

「それより文乃。まだサークルに入る気にはならない？」

菜穂のその誘いは何度目だろう。彼女に誘われるたび気が重くなる。

「うーん、そうだね。ごめんね、そういう気にならなくて……」

サークルには入らないと一度は断ったのだけど、『本好きな文乃に絶対向いてるから』と言って、菜穂はことあるごとに私をサークルに誘ってくる。

「今日、今月末の地域交流イベントに向けて、サークルの打ち合わせをすることになってるの。だからこの機会に文乃が参加してくれたらすごく助かるんだ！　ちょっと手伝ってくれるだけでもいいから」

菜穂が所属しているのは文芸サークルだった。だけど大学独自の文芸雑誌を発行したり、自ら小説を書いて投稿したりする活動ではない。読書をしない人や活字離れをした人たちに、本の楽しみを伝える啓発活動がメインだった。

人手が足りなくて大変だという事情も聞かされていたから、無下に断ることもできなくて、誘われたときは話題を変えるか、その場から逃げることにしていた。

「ごめんね、菜穂。……私、そろそろ行くね」

この活気と希望に溢れた人の波からも解放されたくて、私は逃げることを選択した。

「あ！　待って。今日も図書館行くの？」

「う、うん」

「そしたらあとで、そっちに行くね」

「ええと……うん」

思わず頷《うなず》いてしまった。これはなんとしてでも菜穂に見つからないようにしなくてはならない。私は生返事をすると、足早に退散した。

図書館内は普段と変わらずひっそり静まり返っていた。人の数もまばらで、先ほどまでの騒がしさはここにはない。

この図書館の静かな雰囲気が好きだった。自分にとっての安全地帯にようやく来ることができて、私は肩の力を抜く。

とにかくひとりになりたかった。何もかも忘れて集中できる場所がほしかった。自宅には母がいるからそれができない。

大学に入学してから、この図書館に通い、閉館ギリギリまで過ごすことが私の日課になっていた。

館内の中心にある、【今週のおすすめ小説】というコーナーに置かれている本を眺める。読みたい本はこれといって決まっているわけではないから、いつも図書館司書がすすめる本を読んでいた。

棚には芥川賞と直木賞の上半期受賞作品が置かれていた。でもそれはもうすでに読み終わっている。ほかにも並べられている本を順々に目で追いながら、『これは読んだ、これも読んだ』と心の中で確認していく。

もう全部読んでしまったのかもしれないと思いながら、棚の一番右端に視線を移すと、そこには見覚えのない本があった。

あれ? こんな本、昨日はあったかな?

さわり心地のいい上質紙に巻かれたクリーム色の単行本。持っても重みを感じさせないその本は、それほど時間をかけずに読んでしまえそうだ。

聞いたことのないタイトル。今日はこれを読んでみよう。

読む本を決めたら、いつもの席へと向かう。そこは図書館の奥まった場所にあるソファだった。

図書館の白いすりガラスは、やわらかな日差しを手元に落としてくれる。ソファ近くの本棚には読者が少ない専門書が置かれているから、自分以外の来館者が近づいてくることは滅多にない。

おそらく菜穂も気づかないくらい図書館の奥の、奥の隅。誰かに干渉されることなく読書に集中でき、本の世界に浸るにはとても最適な場所。そして私が唯一落ち着ける場所だった。

私は手にしていた本の表紙をもう一度見た。

タイトルは『僕は君と、本の世界で恋をした。』とある。

そして題名の下には【篠崎《しのざき》優人《まなと》〈Shinozaki Manato〉】と著者の名前が書かれていた。

タイトルだけではなく、著者の名前も聞き覚えがない。

ページをめくると、挨拶文やプロローグはなく、すぐに物語がはじまる仕様だった。読みはじめると、すぐにひとつの景色が脳裏に浮かぶ。最初の舞台──図書館を思い浮かべた瞬間、私はあっという間にその本の世界へと引き込まれていた。

＊　＊　＊

『僕は君と、本の世界で恋をした。』　篠崎優人

彼女とは図書館で出会った。

静かな図書館の奥の席。そこで彼女は真剣な表情で本を読んでいた。

本を持つ手に窓から淡い日差しが当たり、ほっそりとした白い指が本のページをめくる。長い髪がはらりと頬に落ちると、本を押さえていた左手で髪を耳へさらりとかける。僕は彼女のその仕草に見惚《みと》れていた。

とてもまじめな顔をしていたかと思うと、嬉しそうに口元をゆるめて、そうして今度は悲しそうに目を細める。

ころころと変わる彼女の表情に、僕は目が離せなかった。彼女の手元にある本を見る。だけど彼女の手におさまっているその本の題名までは確認できなかった。

「あの……。その本、おもしろかったですか？」

「……え？」

彼女が本を読み終わったタイミングを見計らって、僕は声をかけた。

「僕もその本を読みたいと思っていたんだ。そしたら君がその本を読んでいたから感想が聞きたくて——」

＊　＊　＊

全五章からなるその本の最終ページをぱらりとめくると、私の心はとてもあたたかい気持ちに包まれていた。

本をそっと閉じ、膝の上に置く。そして視線を落とし、タイトルの書かれた表紙を眺めた。ずっと頭の中で繰り広げられていた本の世界にまだ浸っているせいか、意識がふわふわとしている。

静かな図書館で出会ったふたり。そこがなんだか今私がいる場所とかぶって、ひたすら夢中になっていた。恋愛にはあまり興味がないと思っていたけど、そんな私でもふたりの関係には少し憧れてしまう。

特に主人公が図書館から彼女を連れ出す場面は……。

不思議なほど、私はこの物語に引き込まれていた。本の世界と現実の世界の区別が難しくなるくらいに。

そして同時に登場するふたりのことをとても身近に感じた。まるで私の知り合いかのような錯覚を覚える。

なぜこんなにも、愛しい気持ちになるんだろう。

そこでこの作家が書いたほかの本を探してみようと思い立つ。ほかに著書があるならきっとそれも夢中になれるはずだ。

わくわくしながら顔を上げたとき、私は思わず息を呑んだ。

誰もいないと思っていた本棚の前に人が立っていて、しかもこちらをじっと見つめていたからだ。私は何も言えないまま、そこに立っている人をただ見つめた。

しばらく目が合っていたけれど、私もその人もお互いに視線を逸らすことをしなかった。

前髪の下からはくりくりとした黒目が見えて、なんだか子犬みたいな人だと思った。

細身ではあるけど、肩は強張っているし、血管の筋が浮き出た腕や手の甲は女性とは言いがたい。

かわいい顔立ちをしているけど、男性だろう。

「……あの。何か？」

戸惑いながら私は小さく声を漏らした。

男性がにこりと笑う。目尻がくしゃりと優しく下がって、無表情だった彼の顔がやわらかく崩れた。

その瞬間、トクンと、私の鼓動が大きく一回跳ね上がった。そのまま周りの音が何もかも消えてしまったかのような錯覚にとらわれる。私は突然現れたその男性に見惚れてしまい、逸る鼓動をおさえるのに必死だった。

すると男性が近づいてきて、すっと私の手元を指差してきた。

「その本。実は僕が書いたものなんだ」

私の手元を指差しながら彼はそう言って、また微笑んだ。

「僕が書いた本を読んでくれている人がいたから嬉しくて、実はここからずっと君のことを見ていたんだ」

「え……」

「君、僕に見られていることに全然気づかないまま、夢中になって読んでくれていた。だから余計に嬉しくて」

恥ずかしさで顔の温度がみるみる上がっていくのがわかった。まさかずっと見られていたなんて思いもよらない。私はぱっと男性から目を逸らした。

「あ、怒らないで。本当にごめん。ただ嬉しかっただけなんだ。悪気とかは全然なくて……」

　私が目を逸らしたことを拒否と受け取ったらしく、男性は慌てて弁解をはじめる。

「僕は篠崎優人、高校三年生。来年この大学に入学したくて、オープンキャンパスに来たんだ。それでこの図書館に寄って、君を見つけて」

　ゆっくりと視線を戻すと、彼は私の機嫌をうかがうような顔でこちらを見ていた。

「本当にあなたが書いたものなの？」

　信じられない気持ちでたずねた。目の前にいる彼は私と同じくらいの年齢か、それよりも下に見える。からかわれているだけだろうか。

「そうだよ。それは僕が書いたんだ。ノンフィクション作品なんだよ。出てくる場所も人も実際にモデルがいる」

　そう言われて、本の印象がだいぶ変わった。内容を思い返すと、胸がドキドキしてくる。

　これが現実に起きた話。本に登場した場所は実在する。そして彼に愛されていた彼女が実際に存在する。どことなく憂《うれ》いを持っていた本の中の彼女は、彼の愛によって心を開いていった。

　彼女のことを羨ましく感じて、興味が湧く。

「えっと、これは篠崎さんが体験した話ってこと？」

「うん、そうだよ」

あの世界を生きていた人が目の前にいるなんて……。

本を読んだ印象では、ふたりはもっと年齢が上だと思っていた。でも、彼が高校三年生だというなら、彼女も高校生なのかもしれない。

「彼女って、どんな人なの？　こんなことを言うと変に思われるかもしれないけど、なんだか私と似ている気がしていて」

本を読んでいるとき、私は彼女と自分を知らず知らずのうちに重ねていた。なんとなく自分と考え方が似ていると思ったのだ。だからこそ私はこの物語に惹かれたのかもしれない。

「そうだなぁ。その本に書かれたとおりの人だよ。優しくて、かわいくて、臆病なところもあるけれど、芯が強い人だった」

「だった？」

彼の発言に違和感を覚える。思わず聞き返してしまったけれど、私ははっとして口をつぐんだ。

彼の表情が一瞬暗くなった気がしたのだ。聞いてはいけないことだったかと、ちらりとそちらを見やった。彼は黙り込んで、私をただじっと見つめたまま、かすかに笑っている。その目はどこか遠くを見ていて、少し困ったような顔をしていた。

私も何も言えなくなり、同じようにただ彼を見つめ返した。すると、

「……もういないんだ」

ぽつりと彼がそう言った。そのひとことが、痛みとともに私に刺さる。

「彼女はもう亡くなっているから」

私は続けるべき言葉を見つけられなくて、そのまま口を閉ざす。

本の中に描かれていた彼女には親近感が湧いていたし、実際にいるのなら会ってみたいとも思った。それなのに、もう彼女はいないなんて……。

「そんなつらそうな顔しないで。少なくとも僕は彼女の死をちゃんと受け入れているから」

さっきとは打って変わって、彼は落ち着いた表情に戻り、私に優しく笑いかけた。

「……そうなの？」

「うん。だから君も暗い気持ちにならないで」

そう言ったあと、彼は突然何かを思いついたような顔をして、「ねぇ、お願いがあるんだけど聞いてくれる？」と口にした。

「お願い？」

「僕ね。君とこの本の世界を辿ってみたいんだ」

彼の少し弾んだ声が私の心をとらえる。

「この本に書かれている場所へ、僕と一緒に行ってくれない？」

澄んだ瞳が私にまっすぐ注がれていた。突然のことに私はただ困惑したけれど、なぜか彼から目を逸らすことができなかった。

「私……と？」

「うん。文乃さんじゃなきゃ駄目なんだ」

彼が深く頷く。真剣な表情に私は少したじろいだ。

「……なんで、私の名前」

そう聞くと彼はにっこり笑って私の胸元を指差した。そこには学生証がかけられていて、私の芽野《めの》文乃という名前が記載されていた。

理由がわかって顔を上げると、彼が私の近くまで歩いてくる。

「どうかな？　僕のお願い聞いてくれる？」

彼との距離が一気に近くなって、私は戸惑った。

「どうして私じゃなきゃ駄目なの？」

この本の作者だと知らされたとはいえ、目の前にいる彼はついさっき出会ったばかりの高校生。オープンキャンパスに来たということくらいしか知らない。そもそも、本当に作者なのかどうかもわかっていないのに……。見ず知らずの人についていくなんて、小学生だってしないだろう。

言葉に詰まり、彼の様子をうかがった。けれど、彼もどこか困惑しているように見えた。私の手元にある『僕は君と、本の世界で恋をした。』を一度見て、彼はまたこちらに視線を戻す。そして、

「本当のことを言うと、文乃さんを見たとき、息が止まるほど驚いたんだ」

そうつぶやくようにそっと口を開いた。

「……彼女と似ていたから」

「私が？」

彼がゆっくりと頷く。

「だから、文乃さんともっと一緒にいたくなって……」と静かな口調で続ける。

初対面なのに、まっすぐ私を求めるような目。私を彼女に重ねてでも一緒にいたいと思ったのかと考えたら、途端に胸がきゅっと苦しくなった。

本を読んだことでふたりの関係の深さを少なからず知ってしまったから、心臓が痛い。あの物語の中で、ふたりは本当に幸せそうに描かれていたから。

もし大好きだった恋人が亡くなって、その恋人に似た人が現れたら、確かに気になるだろう。そして一緒にいたいと思ってしまうかもしれない。

自分なら声をかけることはできないけれど、あとを追いかけるくらいはするだろう。

彼の言うことが本当なら、その提案に付き合ってあげてもいいのかもしれない。

だけど……。

「彼女と似ている私と一緒にいたら、思い出してつらくならない？」

もし私と一緒にいるせいで、苦しくなったり悲しくなったりするようなら、申し訳ない。

けれど彼は優しく微笑んで、首を横に振った。

「それはないよ。言ったでしょう。彼女の死はちゃんと受け入れているって。ただ彼女と似ている文乃さんと話してみたいって思ったんだ」

そう言って彼は私の手元にあった本を取り上げた。

「あ……」

そのまま自分の顔のそばまで本を持ち上げると、中身は開かずにヒラヒラと振ってみせる。そしてにやりと笑ったかと思うと――。

「きっとこの場所で本を読む以上に君のためになると思う。騙《だま》されたと思って、僕に従ってみない？」

一瞬きょとんとしたけれど、彼のしたり顔に気が抜けて思わず吹き出してしまった。

だって彼の言葉は、まさに本の中の台詞《せりふ》。私が先ほどまで思い浮かべていた場面、図書館から彼女を連れ出すときの彼の言葉だったから。

「どこに連れていってくれるの？」

私は込み上げてくる笑いを堪えながら、あえて彼に聞いてみた。

「それは、文乃さんなら言わなくてもわかるでしょ？」

彼が手を差し出したから、私は戸惑いながらもそっと手を伸ばす。今までたくさんの本を読んできたけど、こんなことは初めてだった。彼は私の手を取ると、すぐに強く掴んだ。

「さあ、行こう！」

私はそのまま彼に連れられるがまま、大学の図書館から外へと出た。

＊＊＊

彼女と出会ってから、僕は図書館で過ごすことが多くなった。最初は戸惑いながら僕に接していた彼女も、何度か話しかけるうちに声をかけてくれるようになった。

だけど僕が彼女について知り得たことは、名前と、何か悩みを抱えているのだろうということだけ。

彼女のことをもっと知りたい。僕は彼女を図書館の外に連れ出したくなっていた。

「本が読めるカフェですか？」

彼女をなんとか連れ出したくて、提案した場所。それは本がたくさんあって、この図書館のように静かな場所。

「きっと気に入ると思うんだけど」

本を読んでいるとき以外はそんなに表情を出さない彼女。けれどそのときは少し目が輝いているように見えた。

「置かれている本もセンスがいいよ。それに読書好きな人がすすめる本を紹介しているコーナーもある」

僕は彼女が手に持っていた本をすっと取り上げると、それをヒラヒラと振ってみせる。

「きっとこの場所で本を読む以上に君のためになると思う。騙されたと思って、僕に従ってみない？」

そう言って僕は、少し緊張しながら彼女に手を差し出した——。

＊＊＊

冷房の効いた大学の建物から外に出ると、ムワッとした生温い風が肌を撫《な》でた。構内は相変わらず賑わっていて、図書館の静けさが嘘のようだ。

学生たちが来場客の対応に忙しなく動いている。その中を人の流れとは逆に歩くのは、少し罪悪感があった。数時間前まではこの雰囲気に嫌気が差していたくせに、そんなふうに思うのは彼に繋がれた手のせいかもしれない。

「あの、篠崎さん！」

すぐ前を歩く彼に声をかける。篠崎さんは人の波をうまく避けながらどんどん進んでいた。

「ん？　何？」

「あの、手……」

図書館を出てから、手はずっと繋がれたままだ。誰も見ていないかもしれないけど、やっぱり少し恥ずかしい。

「あぁ。ごめん、痛かった？」

彼はそう言ってぱっと手を離した。痛かったわけではないんだけど、と否定しようとしたそのとき、

「文乃！」

私の名を呼ぶ大きな声がして、思わず足を止めた。けれど声のした方へ振り返ったところで、足を止めたことを後悔する。私を見つけた菜穂が、ものすごい勢いで近づいてきていた。

「もう、文乃！　逃げる気だったでしょう！」

菜穂が私の腕を掴んで、眉間にしわを寄せながら口をとがらせている。

「え？　あ、あのね。実は用事ができて……」

そもそも約束したつもりはないのだけど、菜穂にちゃんと断れなかった手前、自分が悪いことをしているような気分になる。

だけど予定外だったとはいえ、用事は実際にできていた。

「ちょっと知り合いと行くところがあって、ね」

と隣にいるはずの彼へ慌てて視線を向ける。

「……え？」

けれどなぜか、そこには誰もいなかった。私は言葉を一瞬失ってしまう。あたりを探してみたけれど、彼の姿は見当たらない。

確かにさっきまで一緒にいたはずなのに……。

混乱でただ放心状態になっていると、菜穂が掴んだままの私の腕をぐいっと引っ張った。

「嘘を言ってごまかそうとしても駄目よ。今日こそは参加してもらうって、決めてたんだから」

菜穂が強い力で私を大学構内へと連れ戻していく。私を引っ張りながらサークルのことを話していたけど、突然消えてしまった彼のことで頭がいっぱいで、相槌すら打てなかった。

八月末に、大学では地域交流イベントが開催される。そのイベントは、学生や地域の人が参加できるフリーマーケットやワークショップが開催されるほかに、小さいサークルの活動発表の場にもなっていた。

「どうしたら、本のイベントに人が集まるんだろう？」

「そもそも本に興味がない人は来てくれないんじゃないの？」

「それじゃあ、意味がないよ。そういう人にも来てもらいたいんだから」

六畳ほどしかない狭いサークル室は、小説を積んだ棚が設置されている。真ん中にはシンプルなテーブルと椅子が置かれており、手狭な空間に菜穂と私を含めて、四人の女性が集まっていた。

イベントに向け、菜穂たちは熱心に話し合っている。無理やり連れてこられた私は、最初に自己紹介をさせられてからはテーブルの端に座り、静かに三人の話を聞いていた。

「だけど実際、本を読まない人ってどれくらいいるんだろうね」

「本の括《くく》りをどうするかでも全然違うよ。雑誌や漫画は読む人だっているんだから」

「今回のイベントで目指すところはどこ？　雑誌も漫画も、本としてカウントするの？」

「いや、それはなし。このサークルで活動するならやっぱり小説を読んでほしい。まずは手に取ってもらうというところまでは目標にしたいよね」

彼女たちの会話を聞きながら、私はなんとなくイベントの様子を想像していた。本の楽しさを知り、物語に夢中になっていく人たちの笑顔が自分と重なる。そこで思い浮かんだことを打ち消すようにぱっと顔を上げたら、菜穂と目が合った。彼女は肩をすくめながら小さく笑う。

「とりあえず、まずは集客方法について考えてみない？」

私と目を合わせたあと、声のトーンを少し上げてから、菜穂はそう切り出した。

「本で客を引き込む方法ねぇ」

「要は、普段本を読まない人でも、遊びに来たいと思わせる空間づくりだよね」

菜穂の提案にほかのふたりが集客方法について話し出す。

いろいろな意見がかわされながらも、思うような答えは出てこない。ひとりが「本のイベントなんだし、やっぱり本に興味ある人しか来てくれないんじゃない？」と言い出したところで、会話は一度、途切れてしまった。うーんと各自で唸《うな》り、サークル室の中は静かになる。

そこで菜穂が小さく溜息をついて、ふたりを見る。彼女たちから提案が出ないことを確認したあと、今度は私に目を向けた。

「文乃は、どう思う?」

ギクリとする。

菜穂の目がいつになく真剣で、まるで私の心の奥底が覗《のぞ》かれているようだった。私なら何か答えを持っているのではという期待も込められている気がする。

三人の視線が一気に私に向く。菜穂以外のふたりには今日初めて会ったから、正直どうしていいかわからない。

そのふたりは自分がまったく会話に入ろうとしなかったからか、私に対してあまりいい印象を持っていないようだった。向けられた視線も、あまり気持ちのいいものではない。

何か発言しなくてはいけない雰囲気だったので、私はしぶしぶ口を開く。

「……それならもう、本で客を呼ぶということ自体、止めたほうがいいんじゃないですか?」

私は漠然と浮かんでいた案を控えめに口に出してみる。

すると、ひとりは「はぁ」と溜息をついて、もうひとりは「それじゃあ、元も子もないじゃない」と言った。

「いや、集客をしないということじゃなくて、本を売りにするのではなく、ほかの方法で客を集めて、本を提供する形のほうがいいという意味で……」

私が小声で説明を加えると、菜穂がなるほどと頷いた。

「本を読まない人は、本という言葉を出したらイベントに興味を持ってくれないかもしれない。だけど何か別の目的で誘ってみて、ついでに本もあったから手に取ってみようっていう流れにするっていうことね」

「うん……、まあ」

菜穂がふたりの批判を遮るようにフォローしてくれたから、私は少しほっとした。

「だけど本に興味ない人は、来たところで結局、本を手に取らないんじゃない？」

「それに本が好きな客は逃しちゃうことになると思うんだけど……」

それでもふたりはまだ納得できない様子でぶつぶつ言っていた。部外者である私の意見は受け入れたくないといった空気も感じる。

「そこはまた次の段階として、別の手を考える必要があるとは思うんですが……」とおずおず言い返すと、またサークル室が静かになってしまった。

「わかった！」

そこで菜穂が突然声を上げて、テーブルに手をつき立ち上がる。

「そしたらこれは次の打ち合わせまでの宿題にしよう！　私は文乃の提案に賛成した

いと思う。だから、その方法を各自考えてくること。そうしよう！」

菜穂は重い雰囲気を打ち消すようにそう言って、話を切り上げた。

打ち合わせのあと、菜穂は雰囲気が悪かったことを謝ってくれたけれど、それで終わりということにはしてくれなかった。

『文乃が提案したんだから、ちゃんとその方法を考えてくれないと困るからね』

念を押すように言われ、さらに三日後までに、と期限までつけられてしまった。私は結局、嫌だとは言い出せなかった。サークルの雰囲気を悪くしてしまったのは、自分にも非があると思っていたから。

まじめに取り組んでいるふたりの前で、自分は無関係といった雰囲気を出していた私が、反抗的な態度を取られるのは当たり前のこと。

そしてそういう態度を私に対して示してくるのは、むしろあのふたりだけではなかった。

今の大学にいることを恥じている私の過ごし方は、きっとあからさまだ。笑顔ひとつつくらず、いつも不機嫌そうに授業を受けている。だから私が所属している学科でも、気に食わないというような視線は何度も浴びていた。

菜穂から解放されて、すぐ図書館まで戻ったけれど、すでに閉館してしまっていた。

帰る道すがらあたりを見回してみても、彼の姿は結局見当たらなかった。私は帰りの電車に揺られながら、彼のことをずっと考えていた。

本の世界を一緒に辿ってほしいと言ったのに、なぜ急にいなくなってしまったんだろう。

私はあの世界に描かれた場所に行きたいと思っていた。その場所で彼と彼女が過ごしている様子を想像すると、真昼の陽だまりの中にいるみたいに、心が自然とあたたかくなるから。

『……彼女と似ていたから』

彼女の死を受け入れていると言っていたけれど、似ている私と一緒にいることが、やっぱり悲しくなってしまったんだろうか。

彼女のことを考えると胸が痛んだけれど、彼と一緒にあの本の世界を辿ってみたいという気持ちも芽生えていた。だから少し複雑な気持ちにもなった。

# 第二章　嘘と本音

翌日、私は朝食を済ませると大学に行くためすぐに家を出た。

オープンキャンパスで来た彼が、また大学の図書館に訪れるとは思えなかったけど、ほかに心当たりもない。また会いたいという気持ちとわずかな期待を持って、私は図書館へ向かった。

それに別の理由でも私は家にいたくなかった。あそこにいるとどうしても息が苦しくなる。

学生は夏休みだけど、社会人にとっては仕事がある月曜日。私は通勤客で溢れた電車に乗った。

家を出るとき『行ってきます』と告げた私の背中に、『今日も頑張るわね』と機嫌よく見送ってきた母のことを思い出して、気分が悪くなる。母の大きな期待に苛立ちを覚えながら、それと同時に罪悪感も抱いた。

私はずっと、母に嘘をつき続けている。


大学に着くと、昨日の騒がしさが嘘のようにひっそりとしていた。

ほっとして肩の力が抜ける。すんなりと胸の中に空気が入ってきて、やっと呼吸が自然にできた。

研究やサークル活動などの用事がない限り、夏休みに好んで大学に来る生徒はそうそういない。オープンキャンパスの片づけも昨日のうちに終わったらしく、構内は私が望む静寂《せいじゃく》そのものだった。

気分よく図書館の前まで来ると、驚くと同時に喜びで小さく飛び上がった。探していた姿を見つけたからだ。

昨日の彼――篠崎さんは大学の警備員と何やら話しているようだった。

何かあったのだろうかと走り寄って声をかけると、彼が振り向いて「お姉ちゃん！」と声を上げた。

「もう！　お姉ちゃんが忘れ物するから届けに来たんだ。それなのに、中に入れなくて困っちゃって……」

昨日の大人びた雰囲気とは一転して、彼は幼さを含みながら目を大きく見開いた。

それにしても私がお姉ちゃんって、何を言っているんだろう。

状況がわからず黙っていると、険しい顔をした警備員が私に向き直った。

「この大学の生徒さんですか？」

警備員にたずねられ、慌ててバッグの中から学生証を取り出す。警備員は私の学生証を見ると、しかめていた顔を少しゆるめた。

「実は弟さんが学生のあとをついて図書館に入館するところを見つけて、注意をしていたんです。付き添いがあれば入館は可能ですが、申請が必要ですので」

警備員が呆れたように話す。私の隣に立つ彼を見ると、少し気まずそうな顔をしていた。そういえば、正門の警備はゆるいなんて話を聞いたことがある。構内に入ったのはいいけど、ここで見つかってしまったのか。

「そうだったんですか……。すみません」

「これからは気をつけてください」

そう言って警備員は速やかに去っていった。私は彼と顔を見合わせる。

「昨日はオープンキャンパスだったから学生じゃなくても自由に入れたけれど、大学自体、本当だったら入るのに申請が必要なんだ」

そう説明すると、彼は「それは知っていたんだけど……」と、しょげたように肩を下げた。

「じゃあ、どうして」

「文乃さんが中にいるかなって思ってつい……」

「え？」

「文乃さんにまた会いたかったんだ」

彼が切なそうな顔をしたから、ドキリとした。返す言葉に一瞬詰まってしまい、視線を外す。

「そんなこと言って、昨日は突然、いなくなっちゃったのに……」

するといいと彼は慌てて私の前に回り込んで、「あ！　ごめん！」と手のひらを合わせた。

「予定があったなら、僕は遠慮したほうがいいって思ったんだ。だけど、やっぱり文乃さんと本の世界を一緒に辿りたいから、今日も来ちゃった」

彼が私の顔を覗き込む。どこか不安げな表情をしているから、怒るに怒れない。

「文乃さんさえよかったら、今から付き合ってくれる？」

彼の甘えるような表情に私は少しドキドキしながら、「……いいよ」と頷く。

私がゆっくりと視線を合わせながらそう答えると、彼は嬉しそうに目を輝かせて、

「やった！」と声を上げた。

＊＊＊

僕が彼女を連れてきたブックカフェは、その場所を知らなければ通り過ぎてしまうような目立たないところにあった。だけどひとたびその場所を見つけたら、何度も通いたくなってしまう。それくらいその店は、本好きにとってたまらない空間が広がっていた。

自宅のようにコーヒーを飲み、くつろぎながら読書ができる。心地よいＢＧＭと程よい電球の明るさ。たくさんの本に囲まれているそのカフェは、とても特別な場所の

ように感じさせてくれる。

その日は、僕が気に入っている席に彼女を座らせた。それは一番奥にある、店内がすべて見渡せる席だった。

そこに座ったとき、彼女はよほど感動してくれたのか、目にうっすらと涙を浮かべていた――。

＊＊＊

そこは繁華街のビルの一角にあった。ビルの入口には【本】と書かれた看板がある。エレベーターで五階まで行く。通路の先にはシンプルな鉄のドアが現れた。ドアノブには小さな店の看板が下げられている。通路はしんと静まり返っていて、囁《ささや》いた声でさえ響き渡ってしまいそうだ。

緊張してしまいそうな雰囲気だけど、彼は店のドアをためらいなく開けた。そこに広がる光景に、私は思わず「うわぁ……」と感嘆の声を漏らした。

ドアの奥には予想以上に心躍る空間が広がっていた。温かみのある白熱電球が灯り、木製のダイニングテーブルや、座り心地のよさそうなロッキングチェアが置かれている。家具も壁も床も木造だから、木と本のにおいが混ざって、まるで静かなコテージだ。

そして何より目をひいたのは壁一面にある本棚。その本棚にはぎっしりと本が並べられている。

「文乃さん、気に入った？　ここがあの物語に出てきたブックカフェだよ」

「うん、すごい。想像以上だね。とても素敵な場所」

私の足は自然に本棚へ吸い寄せられていた。端から順に本のタイトルを眺めると、多くのジャンルを取り扱っているのがわかる。最近話題になっている小説に、ビジネス書や詩集。さらに写真集や漫画まであるようだった。

彼が店員に一番奥のテーブル席を指差すと、「どうぞ」とその席へ案内してくれた。

「ここ、ふたりが座っていた席？」

「そう、いつもこの席だったんだ」

彼は笑ってくれたけど、その顔が少し寂しそうだったから、もしかしたら彼女のことを思い出しているのかもしれないと、ふと思った。

「ごゆっくりお好きな本を読んでください」

メニューを持ってきた店員にコーヒーと紅茶を注文すると、私は店内を眺めてまたうっとりした。

「篠崎さんは、どうやってこのお店を知ったの？」

大学からそう遠く離れていないけど、こんなカフェがあるなんて全然知らなかった。

しかも一見わかりにくい場所だ。

「えっと、たまたま友人が知っていたんだ。……ねぇ、それよりさ。篠崎さんって止めない？」

そう言って彼が少し身を乗り出してくる。

「え？」

「なんか他人行儀だからさ。名前で呼んでほしいんだ」

「あ、うん。じゃあ、優人君？」

「え？　あ……、そうか……」

戸惑った様子を見せる彼に、私は首を傾げる。

「あれ？　もしかして読み方違う？」

本には『Shinozaki Manato』と綴ってあったけど……。

「本名は『ゆうと』だった？」

「いや、合ってる。違うんだ。確かに年下だから仕方ないんだろうけど、『優人君』だと恥ずかしいから、呼び捨てにしてくれない？」

「じゃあ、ま、優人？」

年下とはいえ、男性を呼び捨てにするのは慣れていなくて、その名前を口にしたとき少しドキドキしてしまった。優人はどこか腑《ふ》に落ちない様子を見せてから、小さく笑顔をつくる。

「うん、それでいいや。僕も文乃さんのこと、呼び捨てにしてもいい？」

「……いいけど」

私がそう言うと、彼は今度こそ本当に嬉しそうな顔をした。

「じゃあ、……文乃」

優人が満足そうな笑みで私を見つめながら名前を呼ぶ。

小さく鳴り続けていた鼓動が一気に跳ね上がって、顔が赤くなっていく。恥ずかしくてたまらなくて、私はぱっと椅子から立ち上がった。

「本、探そうかな」とわざと大きく声を上げてみる。

火照った顔を優人に気づかれたくなくて、すぐさま席から離れた。


それから私たちは読みたい本を探してから席に戻り、それぞれ読書をはじめた。

私が選んだ本は店員がおすすめしていたもの。病気により余命宣告された主人公が、残された時間をどう過ごすか描いた作品だった。

私は本を読みはじめると、いつも周りが見えなくなってしまう。そして読み終えたあとも、しばらく本の世界から抜け出せなくなることがある。

だからこのときも、本を読み終わったあと、優人が私を呼んでいることに気づくのに少しだけ時間がかかった。

「……あやの。……文乃」

本の世界と現実がごちゃ混ぜになった頭で、声がする方へと目を向ける。

「あ、気づいた。ねぇ、本は読み終わったんだよね？……えっと、これ」

優人が差し出してきたのはハンカチだった。

「……え？」

よくわからないままハンカチを受け取る。

「さっきから全然、涙を拭かないから気になっちゃって……」

そう言われて頬に触れると、手のひらに水滴がつく。本に夢中になっていて涙が流れていることに気づいていなかった。私は優人から受け取ったハンカチで涙をぬぐう。

「文乃って静かに泣くんだね。それにすぐ本の世界に入っちゃうんだね」

優人が笑う。だけどそれは人を馬鹿にするような笑みではなく、ただ純粋に思っていることを言っているのだと感じた。彼の優しい眼差しが私の鼓動をまた騒がしくさせる。

「うん、いつもそうなんだ。周りの音がまったく聞こえなくなっちゃうくらい」

「僕も集中するほうだけど、文乃はさらにすごいね」

「でも、だからね。私は本に救われているのかもしれない」

「救われている？」

「……うん」

私は手元にある本をじっと見る。

本を読んでいるとき、私は自分の気持ちに素直でいられた。母に隠していること、うしろめたいことを忘れ、本の内容に共感し、反発し、心から泣くことも笑うこともできた。けれど母といると、私はいつも本当の自分を出せない。

表紙を眺めながら小さく深呼吸して、読み終えた本をそっとテーブルの上に置いた。

「文乃は、その本を読んだんだね」

「うん、葛藤の中でも前向きな主人公の描き方がよかった。そして死に向かっていく怖さがとてもリアルで、感情移入した」

優人はやわらかい表情で私の感想を聞いていた。

ふいに優人の彼女のことを思い出す。

彼女はなぜ亡くなったのだろう。さっき読んだ本の主人公のように病気だろうか。それとも不慮《ふりょ》の事故だろうか。

たとえ死を受け入れているとはいっても、そばにいた人がいなくなるなんて、どれだけの喪失感《そうしつかん》をともなうんだろう。

「……ねぇ、聞いてもいい？」

迷ったけれど、そう口に出していた。

「何を?」と首を傾げる優人に「彼女のこと……」と付け加える。

「うん」

優人が優しく頷いてくれたから、私は思い切って「彼女はどうして亡くなったの?」

とたずねてみた。だけど優人はすぐに答えず、しばらく間をつくる。その態度を見て、
やっぱり酷なことを聞いてしまったかなと後悔した。

「正直言うとさ……」

優人がそっと口を開く。話すかどうか迷っているのか、目が少し泳いでいた。

「なんで彼女が亡くなったか、実はよく知らないんだ」

「え?」

「訳あって、彼女の死に目には会えなくてさ。だから詳しいことは言えない。ごめん
ね」

どうして、と言いそうになったけど、優人が寂しそうに笑うから、それ以上は聞け
なくなった。

「ねぇ、今度は文乃のこと聞いていい?」

不自然に明るい声を出して優人が話題を逸らすから、私は頷くしかできない。

「文乃は大学一年生? 学部はどこなの?」

「一年生だよ。文学部の国文科」

「本当に？　それじゃあ、僕が志望する学部と同じだ！」

子供のようにはしゃぐ優人。その姿は一見すると大切な彼女を失ったようには見えない。私に気を遣わせないよう、わざとそうしているのだろうか。

「本当？」

「うん。僕、やりたいことがあってさ」

「やりたいこと？」

「そう。夢があるんだ」

「夢？」

「僕、紙の出版をもう一度広めたいんだ」

意気揚々と優人はそう言ったけれど、いまいちピンとこなかった。出版といったら紙が当たり前なのに、どういう意味だろう。菜穂たちみたいに読書離れや活字離れを防ぎたいということだろうか。

私が首を傾げていると、優人が楽しそうに続けた。

「実際にページをめくりながら本を読む素晴らしさを、多くの人に伝えたいって思ってるんだ」

「このカフェや大学の図書館みたいに、たくさんの本を手に取って楽しめる空間をつくるってこと？」

「そうだね。気軽に本を手に取ることができる場所をつくれたら、本当に最高だよね！」

気軽に本を手に取ることができる場所。その言葉に昨日、菜穂たちと話したことを思い出した。

優人はずっと目を輝かせている。きっと目指している未来を明確に思い浮かべられるんだろう。

優人の希望に満ちた目を見ていたら、私は急に苦しくなってしまった。その目を見ていられなくなり、下を向く。優人に対して芽生えた感情が自分を責め立てる。こんな自分がつくづく嫌になる。

突然静かになった私に、優人が心配そうに声をかけてきた。

「文乃？　どうかした？」

「優人はやりたいことがあっていいね」

優人のことを羨ましいと思うと同時に妬ましくなった。浅ましい気持ちが溢れて声になる。

「私はないんだ。今の大学でやりたいこと」

「どうして？」

「私は行くべき大学に入れなかったから」

「行くべき大学？」

私は下を向いて唇を噛む。この気持ちを話してしまったら、自分の中の何かが壊れてしまいそうで怖かった。

だけど優人にならなら話せる気がした。会ったばかりのはずなのに、どうしてか彼には正直な気持ちを打ち明けても大丈夫だと思えた。

手のひらをぎゅっと握りしめる。

「私、本当だったらね。医学部に入らなきゃいけなかったんだ」

この話をすると、どうしても母の顔を思い出して、苦しくなる。

母に失望されたくなくて、期待に応えようと頑張ってきたけれど、私はそれができなかった。母がずっと望んできた姿と今の私の姿。その差があまりにも大きくて、私はもう身動きが取れなくなっている。

私は俯《うつむ》いていた顔を少し上げて、零れる思いをゆっくりと言葉にした。

私の父は大学病院で医師をしている。母は、私と兄が医師になることを望んでいた。

父は私が幼い頃からほとんど家にいたことがない。

『お父さんはみんなの命を助けるために一生懸命働いているの。だからそれをわかってあげてね』

母はよく私たちにそう言い聞かせていた。父との思い出はあまりなかったけど、人の命を預かり、そのために全身全霊を捧げている父のことを格好いいと思っていたし、そんな父を誇らしく思っていた。

幼い頃から母に『文乃も医師になるのよ』と呪文のように言われていたこともあって、医師以外の道を考えたことがなかった。だから私は母が望むまま、大学の医学部進学を目指していた。

私が高校三年生のとき、兄はすでに医学部の卒業が約束されていた。母はそんな兄をとても自慢に思っていたし、溺愛していた。母には『文乃も兄さんを見習いなさい』と何度言われたかわからない。

兄に比べて私は、母が望むような成績を出すことができなかった。

だけど母に認められたくて、友達と出かけることも、話題のドラマを見ることも我慢した。母に褒められる成績を残したくて必死だった。

だけど母にとっては結果がすべて。全国模試の結果がよくないと、母の当たりは強くなった。

『こんな成績じゃ、医学部に入れないわよ』

『勉強の仕方が悪いんじゃないの？　本当にちゃんと勉強してるの？』

『あなたには将来、苦労してほしくないの。もっと頑張りなさい』

母にそんなことを言われるたびに焦りを感じた。こんな私じゃ駄目だと何度も自分を責め、いつも空回りをした。

進学に関わるセンター試験の模擬は、母の希望する大学の合格値を満たすことができなかった。

そのときの『兄さんは余裕だったのに、文乃は……』という言葉と、溜息をついた母の表情は、ずっと私の頭から離れない。それから私は、崖から足を踏み外したような勢いで、気力も希望も奈落の底へと落としてしまった。

なんとか繋ぎとめていた線がプツンと切れたような感じだった。机の前に座っても身体が重く、勉強する気にまったくならなかった。塾に行っても講師の言葉はただ耳を通り抜けるだけで、参考書を開いても内容は頭に入ってこない。塾に行けないときは図書館で勉強をしようとしたけれど、勉強に対する姿勢は変わらなかった。

そんなあるとき、図書館でおすすめされていた一冊の小説がふと目に入った。

読みはじめたら、物語の世界に一気に入り込んで、その本に意識をすべて持っていかれた。それまでずっとだるかった身体が、本を読んでいるときだけは軽くなった。

受験のことも母のことも、嫌なことはすべて忘れられた。それからはひたすら母に隠れて本を読んだ。

受験した医学部はすべて落ちた。唯一受かったのは滑り止めに受けた文学部だけだ。

「だからね。私は今の大学に入るしかなかったの」

私がそう伝えると、優人は少し考えてから静かな声でたずねてきた。

「文乃は本当に医学部に入りたかったの？」

「うん。そのためにずっと頑張ってきたんだもん」

「本当に？お母さんのためじゃなくて？」

「……違うよ、自分が入りたかったの」

どうしてか答える声が少し震えていた。優人の見透かすような目を見ることができなくて、思わず視線を逸らす。

「本当に医学部に入りたかったのなら、浪人することだってできたはずだよ。だけど文乃はそれをしなかった」

びくりと肩が震える。そうなのだ。大学に行かず浪人という選択肢だってもちろんあった。だけど私はそうしなかった。

医学部は全部落ちたと母に打ち明けたとき、母の第一声は『来年また頑張りましょう』だった。母は私が浪人をしてでも医学部に入ることを望んだのだ。だけど私はそれに従わなかった。いろいろと理由をつけて、私は今の大学に入学届けを申請した。

「つまり文乃は医学部じゃなく、今通っている文学部を選んだってことだよね」

「そうだけど……、でも私は……」

その先を言葉にできなくて、苦しくなる。

本当なら母の言うとおり、もう一年頑張ればよかったのだ。医師になりたいならそうするべきだった。だけどできなかった。もう受験勉強から解放されたかった。とにかく逃げたかった。

「私は……逃げたの。頑張れなかったの。自分に負けたの。だから文学部を……」

そんな不甲斐ない自分を認めたくなかった。だけど実際はそういうことでしかない。

押し黙った私を見て、優人が静かに微笑んだ。

「……文乃はつらかったんだよね。だったら、これでよかったんだよ」

優しい声。だけど私は優人のその言葉を素直に受け入れることができなかった。逃げた自分が恥ずかしかった。情けなかった。

「でも……私、逃げたんだよ」

「僕は逃げることが悪いことだとは決して思わないよ」

優人が真剣な表情で、私をじっと見つめてくる。どうして会ったばかりの私の話を、こんなにまじめに聞いてくれるんだろう。

「僕、思うんだ。逃げた場所って、実は自分にとって一番合っている場所なんじゃないかって」

「……一番合っている場所？」

「だってつらいときって、心は無意識に落ち着く場所を選ぶでしょ？　滑り止めだとしても、文乃はたくさんの学部や学科がある中で文学部の国文科を選んだ。それはどうして？」

それは本を読んでいるときだけは自分の気持ちに素直でいることができたからだ。母の期待に応えたいと思っていたのに、できなかった。そんな自分は本当に恥ずかしくて惨めで、嫌いだった。

情けない自分を認めたくなくて、受け入れたくなくて、つらい感情がどんどん心に押し込まれていって、いつしか家にいるときは息がうまくできなくなった。

だけど本を読んでいるときは違った。物語の主人公の気持ちに合わせて、苦しいとき、悲しいとき、一緒に泣けた。嬉しいときや楽しいときは一緒に笑えた。

押し殺されていった感情は、本を読むときだけは自由だった。素直に表現できた。

受験のことも母のことも忘れて、気分がとても楽になった。本に救われ、本にのめり込み、私はいつしか本がとても好きになっていた。

だから医学部以外を受けることを考えたときに、文学部を選んだ。母にはそんな自分の気持ちは決して言えなかったけれど。

「例え逃げたことがきっかけだったとしてもさ、その選択にはちゃんと意味があると思うんだ。文乃が今の大学にいることだって、そうだよ」

私は今通っている大学のことを思い返した。文学部を選んだことを、うしろめたく思っていた。菜穂は私を気にかけてくれるけど、いつもどこにも居場所がないって感じていた。

けれどあの図書館の奥の席があるから、私は大学に通い続けることができている。あそこで本を読むことは、間違いなく私自身が選択したことだ。

大学の講義が、自分にとってどんな未来に繋がるかまったくわからない。だけど受験勉強はまったくできなくなったのに、大学の講義はちゃんと自分の記憶に入ってくれた。前期試験のための勉強もできたし、結果も悪くはなかった。

「結果的に文乃は逃げてしまったのかもしれない。だけど逃げることって、いけないことじゃないよ。文乃は今、自分にとって新しい最適なスタートラインに立てたんじゃないのかな？」

自分にとって新しい最適なスタートライン。それはなんだかとても眩《まぶ》しく輝かしく聞こえた。

私は本当にそんな素敵な場所に立てているのだろうか。

「それにさ……」

優人があたたかい表情で微笑んでくれる。

「まず文乃が自分の選んだ道を認めてあげなきゃ」

優人の言葉がすとんと心の奥に落ちて、じんわりとあたたかさを放つ。

今の大学にいることには意味がある。本を好きになったきっかけが例え逃避だったとしても、それは悪いことではない。

そう思ったら胸の奥から緊張が解れて、心が少し軽くなった気がした。

＊　＊　＊

いつも憂いげに本を読んでいた彼女が、抱えていた悩みを打ち明けてくれた。大切な人がいたのだと語り始めたときはとても寂しそうな顔をしていたけれど、話したあとは、彼女の表情が少し明るくなったようでほっとした。これからも僕は、彼女の心に寄り添い、支えてあげることができるだろうか。

彼女をもっと笑顔にしてあげることができるだろうか。

このカフェ以外に彼女を楽しませてあげられる場所はどこだろう。

思考を巡らせて、ひとつの場所を思いつく。

もう行ったことがある場所かもしれない。けれど、違う見方があることを伝えたら、彼女は僕と一緒に笑って、楽しんでくれるかもしれない。

＊　＊　＊

カフェを出たら外はもう真っ暗で、繁華街を歩く人たちはいっそう騒がしくなっていた。これから飲みにでも出かけるのか、横に広がってはしゃぐ集団が前から歩いてくる。

その集団を見て、どう先に進むか悩んでいると、優人がするりと私の手を握る。そして集団をうまくすり抜けられるように私を引っ張ってくれた。

「あ、ありがとう」

「ううん。なんかぶつかりそうで危なっかしいから」

そう言った優人は、そのあとも私の手を握ったままだった。なんだか恥ずかしくなり、それを隠したくて、私はわざと大きな声を出して優人に話しかける。

「今日はありがとう。素敵なカフェを教えてくれて。本で読んだ以上の場所だった」

「ううん、僕のほうこそ付き合ってくれてありがとう。それに、なんだか偉そうなこと言っちゃったよね。ごめん」

「そんなことない。優人が真剣に言ってくれたのがわかったから、嬉しかった」

「そっか。それならよかった」

優人がぎゅっと掴んだ手に力を入れてくる。自然と私もその手を握り返していた。

街の喧騒《けんそう》がやけに遠くに聞こえる。

彼とこうして手を繋ぐことが嫌じゃなかった。むしろこのままずっと繋いでいたいなんて思っている。

私、どうしちゃったんだろう……。

駅が近づくにつれ、帰り道がもっと長かったらいいのにと願っていた。

だけど優人が手を繋ぎたい相手は、きっと私じゃない。

私の前では悲しいなんて口にしないけど、心の奥で未だに強く彼女を求めているからこそ、手を繋ぎたくなったんじゃないだろうか。

そこまで考えると、胸が苦しくなった。

「文乃は電車に乗って帰る？」

駅に着き、優人が振り返ってたずねてくる。手は握ったままだけど、物足りない寂しさが一気に募る。

「うん。それが一番近い帰り道かな」

「じゃあ、ここで」

「うん」

笑顔で返しながら、手をほどきたくない衝動に駆られてしまう。だけど離したくないなんて言う勇気もないし、もう帰らないといけない時間だった。

ふたりして沈黙する。あとはさよならを言うだけ。それなのに私も優人もその言葉が出てこなくて、ただ見つめ合う時間が続いた。変にもどかしい。彼も繋いだ手を離そうとしなかった。

本の世界を一緒に辿ろうと約束したのだから、今日で最後ということはないはずだった。だけど次はいつなんだろう。

「……ねぇ」

このまま約束をしないで別れることが不安で、私は優人に声をかけた。

「今日はカフェに出かけたでしょ？」

「うん、そうだね」

「あの本では、次にふたりが行くのは大きな本屋さんだったよね？　もしよかったら明日、一緒に……」

優人の顔色をうかがいながら、そう提案した。

すると、優人は私の言葉を遮って、「明日いいの⁉」と目を輝かせた。

「うん、もちろん！」

私の提案をそんなに喜んでくれるとは思っていなかったから、嬉しさが込み上げる。

「じゃあ今日と同じくらいの時間に、大学の正門前で待ち合わせにしてもいい？」

優人の弾むような声が返ってくる。

「うん、いいよ」

「やった！　じゃあ、明日！」

約束をかわしたことの安心感からか、互いの手が自然と離れた。

「文乃、おやすみ」

「うん、おやすみ。また明日ね」

優人は私が改札の中に入るまで見送ってくれた。

ホームへの階段を上る前に一度振り返り、改札の外にいる優人に手を振る。彼は私が見えなくなるまで、手を振り返してくれた。


「ただいま……」

小さな声で帰宅を告げると、

「今日はいつもより遅かったじゃない。どうしたの？」

と、母に笑顔で出迎えられた。

「集中していたら、こんな時間になっちゃって……」

咄嗟《とっさ》にそう答えてしまった。本を集中して読んでいたのだから嘘ではない。けれど母が受け取る解釈は違うものになる。それをわかって言っているのだから、これは嘘をついているのと同じだ。

私は母から逃げるように、まっすぐ自室へと向かおうとした。

「すぐに降りてきてね。お母さん、文乃とご飯を食べようと思って、待っていたのよ」

後ろからそう言われて、ずしりと気分が重くなる。私のことなんて気にせずに、先に食べておいてくれたらよかったのに……。

声には出さず、心の中で本音を呟く。私にとって母との会話は、何よりも憂鬱《ゆううつ》な時間でしかない。

部屋着になってからダイニングに行くと、母がふたり分の料理を並べていた。料理の品数は多いのに、四人用のテーブルだから寂しい食卓に映る。

父は仕事が忙しくて、ほとんど一緒に食事を取ることはない。兄は研修医になり、父が勤める大学病院の近くでひとり暮らしをはじめたから、帰ってくるのは大型連休くらいだった。

目の前に座った母が「どう？　勉強は順調？」とたずねてくる。

いつもなら曖昧《あいまい》に流していたけれど、今日、優人と話したことを思い出して言葉に詰まった。

優人が言ってくれたように、逃げたことが自分にとってはいいきっかけになっていて、今の大学に通っていることも、本が好きなことも悪いことではないのなら……。医師になりたいと思っていた。だけど違う道も考えてみたいって、母に素直に言ってみてもいいのではないだろうか。

「文乃？」

母が不思議そうな顔でこちらを見てくる。

「……えっと、そ、それが順調じゃなくて」

身を縮めながら小さな声で告げてみる。

もしかしたらすごい剣幕《けんまく》で怒られるかもしれない。呆れられて失望されることも覚悟した。

「あら？　そうなの？」

だけど予想外にも母からは軽い声が返ってきた。

また兄と比べられると思っていたのに。もしかして母に変化でもあったのだろうか。

ずっと嘘をついてきたことを打ち明けてみようかという気すらしてくる。

「あのお母さん……私」

「でも大丈夫よ、文乃。今日までしっかりと勉強を続けているんだから、ちゃんと身についてるはずよ。あまりナーバスにならないほうがいいわ」

母にそう続けられて、私は口ごもる。

「医学部に合格するには勉強を継続することが大事なんだから。だから文乃なら大丈夫よ」

「……うん」

母は私がずっと嘘をついているなんて、まったく気づいていない。

今日まで私がしっかりと勉強をし続けてきたと思っている。頑張っていると信じている。

今さら、本当のことを打ち明けたら、母は……。

私は何も言えなくなった。

「お母さんね。最近、頑張っている文乃を見ていると、やっぱり大学を退学したほうがいいと思うのよね」

「え……」

母の言葉にびくっと肩が強張る。

「受験に失敗したって周りに思われるのが嫌だっていう文乃の気持ちはわからなくはなかったの。文乃が仮面浪人をするっていうから、当時はそれならそれでいいかなって思った。だけどもう半年経ったことだし、高校のお友達ともそんなに連絡を取ってないみたいじゃない？」

私は静かに息を呑む。呼吸をすることも忘れそうになる。

「文乃は大学に通いながら受験したいって言っていたけれど、やっぱりそれだと医学部受験は厳しいと思うの。それにこのまま今の大学に通っていたって意味はないでしょう？　それなら、受験勉強に専念したほうが文乃のためだと思うのよ」

母が「そうしましょう？」と笑顔で同意を求めてくる。

――今の大学に通っていたって意味はない。

優人とは正反対の言葉を言われて、途端に気分が悪くなる。私は手に持ったばかりの箸をそっとテーブルに戻した。目の前に用意された食事は喉を通らなそうだった。

「あら？　食べないの？」

「……うん。あとで食べる」

この場にいることすら耐えられなくて、私は椅子から立ち上がった。

「退学の話はそのつもりでいてもいいわよね？　後期の授業料を払う前に、退学届を出しましょう」

「……少し考えさせて」

私は小さくそう答えると、母が返事をする前に、すぐさまダイニングを出た。

自室までぱたぱたと駆けていき、ドアを閉めると、そのまましゃがみ込んだ。

大学を退学し、受験勉強しかすることのない日々に逆戻りすることを考えたら、身体に力が入らなかった。

母は私が毎日、閉館ギリギリまで大学の図書館にいる理由を、受験勉強のためだと思い込んでいる。だけど私は受験勉強なんてしていない。

私は去年の夏からずっと、医学部受験のための勉強をしていると母に嘘をつき続けていた。

# 第三章　芽生えはじめた心

僕がひそかに楽しんでいる本屋の回り方を、彼女に伝えてみたかった。それは大型本屋に置かれている本を隅から隅まで眺めて、これだと思う本を探すこと。普段手に取らないような本が揃《そろ》っているから、新しい発見もできるのだ。

僕は彼女を冒険に誘うように、大型本屋に連れていった。

最上階から、各コーナーの前で毎回立ち止まり、置かれている本を順々に眺める。気になった本の題名を見つけたら、逐一《ちくいち》彼女に知らせた。それが小説でも、実用書でも。そして僕は知らなかった彼女の趣味や好みを探り当てる。

幼い頃何度も読んだという絵本を手に取った彼女を見たとき、その穏やかで優しさの溢れた表情に僕の意識は引き込まれた。

勝手なことだと思いながら、彼女との未来を夢見て――。

＊＊＊

『僕は君と、本の世界で恋をした。』に描かれていた大きな本屋は、人通りの多い街路沿いに建っていた。

目の前にそびえたつ七階建てのビル。ガラス窓の奥には、たくさんの本棚が並んでいるのが見える。

「僕、このビルが全部本屋だなんて、何度見ても信じられないんだよね」

優人がビルを見上げながら、うきうきした様子で私の方を向く。

「文乃はこの本屋に来たことある？」

私は首を横に振る。本を買って家に置いたら母に何か言われそうだと思って、本屋にはあまり訪れていなかった。

「気になっていたけど、来たことないんだ」

「じゃあきっと感動するよ。本当に本がいっぱいだから」

初めて来たわけでもないのにこんなにわくわくしているなんて、優人は本当に本が好きなんだ。でもそれはそうかもしれない、自分で本を書くくらいなんだから。

「本は各階でジャンル分けされているんだよね」

あの本の中には確かそう書かれていた。読んでいるとき、本屋の光景を想像して羨ましいと思ったのだ。

「うん、そうだよ。二十種類以上のジャンルがあるんだ」

「優人たちは一番上の階から順々に見ていったんだよね？」

「うん。文乃とも同じように回りたい」

今までは本屋に行ったとしても、勉強のための本を買うだけだった。置かれているすべての本を見て回るなんて初めてのことだ。

本の中のふたりみたいに、本屋を冒険しているような気分になる。

まずはエレベーターに乗って最上階へ向かった。フロアには実用書や辞書の棚が広がっていた。

本の中で、優人たちは実用書の題名を眺めているだけでも楽しそうだった。今私と一緒にいても、彼は同じように楽しんでくれているのだろうか。

辞書の種類の多さにも圧倒された。国語辞典ひとつでも想像以上の種類があったし、辞書によって書かれていることが違っていたから驚いた。おもしろい語釈をしている辞書もあって、たくさん笑えた。本の中には描かれていない私たちだけの楽しみ方だったけど、それが逆に嬉しかった。

優人はどのジャンルの本にも食いつきが激しかった。その様子を見ているだけでも楽しくて、時間はあっという間に過ぎていく。

「あ、私、この本読んだことある」

児童書のコーナーに着いた私たちは、子供を連れた親子たちに紛れながら、かわいらしい表紙の絵本を眺めていた。

「これはシリーズものかな?」

優人が色とりどりに並んだ背表紙を指でなぞる。そこには同じサブタイトルとキャラクターが描かれていた。

そのうちの一冊を手に取ってページをめくる。なぜかどのシリーズを読んでも、内容や挿絵に見覚えがあった。

「私、このシリーズは全部読んでいるみたい」

いつどこで読んだんだろう。自宅には児童書は置いていない。

そのとき、ふと小学校の図書室の風景が思い浮かんできた。

そういえば小学生の低学年の頃まで、図書室で本をよく読んでいたんだっけ？

私が鮮明に覚えているのは塾に通っていたということくらいだ。自分が読書をしていたなんて、すっかり忘れていた。

そっか。私はもともと、本を読むのが好きだったのかもしれない。

児童書コーナーに並んでいる本をゆっくりと眺めながら、足を進ませる。するとまた、記憶にある本が現れた。それはかわいい動物がやわらかいタッチで描かれた絵本。

「この絵本……。そういえばお母さんが、小さい頃に読んでくれた気がする」

絵本を手にすると、忘れかけていた光景が一気に浮かぶ。寝る前に母がこの絵本を読んでくれたこと。それが嬉しくて、毎晩、読んでとせがんでいたこと。

今は母に隠れて本を読んでいるから、その記憶を思い出したこと自体、とても不思議な感覚だった。

「あ、その絵本、僕も知っているよ。僕もじいちゃんにたくさん読んでもらった」

「そっか、一緒だね。この絵本、好きだったな」

「うん。僕も」

懐かしい記憶に心があたたかくなりながら、その絵本をゆっくりと読み返していると、ひとり先に進んでいた優人が「わっ！」と大きな声を上げた。

驚いて優人の方を見る。近くにいた人たちも一斉に優人へと振り返っていた。けれど当の優人はそんな周囲の反応はお構いなしといった様子で、手にしている本にくぎ付けになっている。

「これ、絵が飛び出すんだ」

優人に近づいて彼が持っている絵本を見ると、それはお化けが飛び出す仕掛け絵本だった。本が好きだというのに、初めて見たのだろうか。

彼の反応が新鮮で、私は優人の隣に立つと「このページをこのまま開いていてね」と言った。そしてページについているつまみを引っ張ると、

「わ、目が動いた！」

絵本に描かれた女のお化けの目が左右にぎょろぎょろ動いて、優人はまた大きく声を上げた。

私はくすくすと笑いながら、ほかのページの仕掛けも動かしてみせた。

「へぇ、すごい！　おもしろい！」

と優人がさらに喜ぶ。私とひとつしか年は変わらないはずなのに、まるで小さな子供のようだ。意外な一面が見られて嬉しくなる。

幼稚園に通っていた頃、先生がいろんな仕掛け絵本を見せてくれたけれど、この絵本は本当に怖かったから記憶によく残っていた。

ページをめくるたびにお化けがぱっと飛び出してきて、今でも少し驚かされる。

「そんなにおもしろい？」

「こんな立体的な本を初めて見たから。こういう本こそ、実際にめくらないと楽しめない本だよね」

それから優人はしばらく絵本の仕掛けを動かして楽しんでいた。

＊＊＊

書店の中で僕が幼い頃に読んだ本のことを話したら、彼女が読んでみたいと言った。

自分に興味を持ってくれたのだと思って嬉しかったけれど、もうその本は絶版になっていて、本屋で見つけることはできない。

しかし彼女にその本を教えてあげたかった。彼女がその本を読んでどんなふうに感じるのか知りたかった。

　そこで僕はある場所を思いついた。

　少し離れたところにある公園で、大きな古本市が開催されるのだ。もしかしたらそこに出品されているかもしれない。

　提案すると、彼女は嬉しそうににこりと微笑んだ──。

＊＊＊

　その数日後、私たちは古本市に行く約束をしていた。

　物語の中のふたりが訪れた古本市は今よりも前のことだろうから、まったく同じものではないけれど、同じ時期に同じ場所で、それは開催されることになっていた。

　当日、人の波が激しい会場近くの最寄り駅で、私は優人を待っていた。

　するとポケットに入れておいたスマートフォンにメッセージが届く。

　相手が優人ではないのはわかっていた。彼は高校生にしては珍しく、スマートフォンを持っていなかった。

【イベントは文乃の提案を採用して、カフェ形式で実施することが決定したよ。明日、その打ち合わせをします。文乃が参加してくれることを期待して、待ってるね】

届いたのは菜穂からのメール。私はその文面に驚いた。

イベントの集客方法について、私はカフェをするのはどうかと提案していた。優人と行ったあのお店でヒントを得たのだ。

打ち合わせの翌日には菜穂にメールを送っていた。けれどあれから数日経っても連絡がなかったから、私の案はなかったことになったのだと思っていた。それならそれでいいと思っていたのに……。

私の案を採用してくれたんだ。

思いがけず嬉しいという気持ちが湧き上がってきて、そんな自分にも驚く。

菜穂以外のふたりは私に対して否定的だったから、そもそも案を受け入れてもらえないと思っていたのだ。

優人にも報告したい。そう思って時間を確認すると、九時三十分。

待ち合わせの時間は九時だった。もう三十分も経過している。

約束の日は今日ではなかった？　待ち合わせ場所と時間を勘違いしている？

優人はこの会場に訪れたことがあるはずだから、わからないということはないと思うけれど……。

電車が到着するたびに、押し寄せる人の波から優人を探すけれど、見つからない。

不安がどんどん募っていく。

古本市に一緒に出かける約束はしたものの、連絡先がわからないから、前日確認もできなかった。もしかしたら体調が悪くなってしまったのかもしれない。

深呼吸をして焦る気持ちを落ち着かせ、じっとしていられない身体を小さく左右に揺らして気を逸らす。

待ち合わせ時間から一時間経って、優人はやっと姿を現した。

焦った顔で人の波を潜《くぐ》り抜けるようにして走ってくる優人と目が合う。優人が手を振ってきたとき、私は全身が脱力するほどほっとした。

「もう、すごく心配したよ！」

「本当にごめん！　乗る電車に迷って、乗り間違えちゃったんだ」

優人が両手をすぐに擦り合わせて、頭を下げる。

来たことがある場所のはずなのに、電車がわからなかったなんて、忘れてしまったんだろうか。

「連絡手段があれば、教えることだってできたのに。優人はスマートフォン、持たないの？　あれば、連絡も取りやすいのに……」

「ごめん。持つ予定はないかな」

「そうなんだ。でも連絡先とか交換しておかない？　自宅とかさ」

私がそう言うと、優人は困ったような顔をした。

「実は今、ひとりでホテル暮らしをしているんだよね」

「え？　そうなの？」

予想外の答えに、私は目をパチクリさせた。

「それよりさ、古本市もうはじまっているよね。急ごう」

けれど優人が話を切り上げ、ぱっと私の手を取った。突然手を握られて、私の鼓動はドキッと跳ねる。

「早く！」

優人は嬉しそうに笑って、私の手を引いて歩きはじめる。

「ちょっと、優人……」

疑問が残ったけれど、うきうきしている優人につられて、気分が高揚していくのを感じた。人混みが嫌にならないくらい、気持ちはまっすぐ古本市に向かっている。

優人が私の手を握るのはこれで三回目だった。

あっさりと私の手を握ってくるから、この行為にあまり深い意味はないのかもしれない。だけど私はドキドキするばかりで、思い浮かんだ疑問はいつの間にか飛んでいってしまった。

駅から十分くらい歩き、古本市が行われている公園の入口に辿り着くと、想像していたよりも大きな会場に圧倒された。

新緑の木々に囲まれた通路には、ずっと先までテントや屋台が並んでいる。遠くから見たら夏祭り会場のようだけど、あるのは焼きそばや綿あめじゃない。どこの屋台にも本が置かれていて、不思議とそれが自然が多いこの場の雰囲気に合っている。

本を読む人が少なくなったなんて言われてはいるけれど、会場内はそれなりに混んでいた。本に興味がある人がこんなにもたくさんいるのだと思うと、意外な気持ちになる。

ふいに繋いでいた優人の手にぎゅっと力がこもる。私は少しびっくりして彼をちらりと見た。すると優人は「ちゃんと僕の手を握っていてね。本に夢中になって、文乃が迷子になっちゃったら困るからさ」といたずらっぽく笑った。

けれどそんなことを言っている優人自身が明らかに興奮している。興味があるものがあったらすぐに走り出してしまいそう。

「優人もだよ？　勝手にどこかに行っちゃわないでね」

恥ずかしかったけれど、優人とはぐれたくないと思って、手をぎゅっと握り返す。

そうして私たちは古本市の中へと足を踏み出した。本の中の優人たちも、こんな気持ちだったのかもしれない。

＊＊＊

蝉《せみ》の声が響く木陰の下を、彼女と一軒一軒覗いていく。

たくさんの本が並ぶこの空間は、宝探しをしているみたいだとふたりで笑った。うだるような暑さも、うるさい蝉の鳴き声も、彼女といるだけで輝いて見えた。

頭上を見上げれば木々のトンネル。そしてどこまでも続く本の屋台。

「こういう大きな古本市以外にも、一箱古本市っていうのがあるみたいだよ」

いろいろな本に目移りしている彼女に、僕はふいに声をかける。

「一箱古本市？」

「段ボール箱ひとつに自分の売りたい本を詰め込むフリーマーケットみたいなものらしいんだ」

「へぇ……」

「読んでいらない本じゃなくて、大切だけどほかの人にも読んでほしい本とか、昔の自分にはとても必要なものだったけど、今それを必要としている人に譲りたい本を出品するんだって」

「……それ、とても素敵な理由ですね。誰かに読んでほしいと思うくらい大切な本に、私も出会ってみたい」

「君にとってそういう本はまだないの？」

いつも本を読んでいる彼女なら、きっとたくさんあるのだろうと思っていた。

「……そうですね。でもきっと、これから出会えると思ってます」

そのときの彼女は強い眼差しで遠くを見据えていた。

「うん、きっと出会えるよ。君の人生を変えてしまうような一冊に」

「人生を変えてしまうような一冊……」

彼女がもし本当にそんな本と出会えたとき、その近くにいたいと僕は思った。

＊＊＊

会場内をしばらく歩いていると、映画のポスターをあちこちに貼りつけている店を見つけた。

近づいてみると、映画のＤＶＤと小説がセットで売られていて、【原作と映画版を両方楽しもう】という手書きのポップが置かれている。

なるほど、映画と原作を一緒に置いてあるんだ。私はひとつを手にとって、小説と映画のタイトルを交互に見た。

「小説が映画化されるって、賛否両論あるみたいだけどさ。好きな作品がメディアミ

ックスされることで、本を読まない人にも、その原作のよさを知ってもらえるってい
うのは嬉しいよね」
優人もその棚を眺めながら私の隣で口を開いた。
「メディアミックス？」
「小説なんかを題材にして、映画やドラマに展開することだよ。ものによってはまっ
たく違う話になっていることもあるけど、それはそれでおもしろいし」
「へぇ……」
仕掛け絵本を知らないのに、メディアミックスなんて言葉を知っている優人に少し
驚きながらも、私は相槌を打つ。家ではほとんどテレビなんか観なかった。だけど、
そういう楽しみ方もあるのか。
さらに先へ進むと、その隣には【歴代芥川賞・直木賞受賞作品ワゴンセール】とい
うポップが貼られたワゴンが置かれていた。単行本が詰まれたワゴンに近づき、その
中の一冊を手に取る。
「ほしい本があるの？」
優人が聞いてくる。ワゴンの中には読んだことのない本がたくさんあって、つい目
移りしてしまう。しかもハードカバーなのに、とても安い。
「うん。ほしいのがたくさんある……だけど本を持って帰ったら、お母さんに怒られ

るかもしれない」

「そうなの？」

「見つかったら怒られると思う。だから自分の部屋には教科書や参考書以外の本を置いてないんだよね」

「え、それって本当？　自分の部屋に好きな本を置けないなんて、考えられない……」

驚きを隠せないといった表情で優人が私を見たから、少し悲しくなった。

「……そうだよね」

自分の部屋に好きな本が並んでいる様子を想像してみた。母に見つかったら、きっと何か言われるだろう。だけど自分の部屋なのに、好きなものを置いて怒られるなんて、確かにおかしい気がした。

『誰かに読んでほしいと思うくらい大切な本に、私も出会ってみたい』

ふいに本の中で彼女が言っていた台詞を思い出した。私も人生が変わるような本に出会えたら――。

心の中で小さく灯りはじめた火が、パチパチと音を立てる。母に反抗してみたくなる。

「買っちゃおうかな」

そう呟く前に、手はワゴンの中に伸びていた。

込み上げた衝動のままにほしい本を求めていたら、ハードカバーの本を十冊も買ってしまっていた。積み上げられた本の量がこれまで母へ抑えていた反発心を表しているようにも見える。

自分のバッグに入らない数だったから、五冊ずつ重ねて紐《ひも》で縛って持てるようにしてもらった。優人が半分持ってくれて、私たちはまた手を繋いで古本市をあとにした。

自宅に帰るにはまだ早い時間だった。私たちはとりあえず大学の図書館に戻ることを決める。

大学の最寄り駅に降り立つと、空に入道雲がもくもくと膨れ上がっていた。さっきまでの明るさとは打って変わり、黒い雨雲が立ち込めている。

「ねぇ、文乃。傘、持ってる？」

「それが持ってないんだ」

「雨が降ってきそうだから、ちょっと急ごう」

ゴロゴロと遠くから雷の音が聞こえてくる。この様子だとすぐにでも一雨きそうだ。

「大学まで間に合うかな」

優人が歩くスピードを上げ、私の手を引っ張る。私もそれにつられて小走りになった。

だけど雨雲を押し流す風のほうが一足早く、空からポツポツと雨が降りはじめた。落ちてくる雨粒が乾いたアスファルトに大きな斑点を描いていく。

そのとき優人が突然立ち止まり、持っていた本を私に一度手渡してから、自分が着ているシャツを脱いだ。

「どうしたの？」

優人の行動に驚いてたずねる。彼はそれには答えずシャツを広げた。そして私に渡した本を取ってシャツでくるむ。

「文乃！　その本も全部こっちに！」

「え？」

「早く！」

言われるがまま残りの五冊を渡すと、優人はその本もシャツの中にしまい込んだ。

「こうしておけば、直接濡れるよりはマシだと思う」

「ハードカバーだし、少しくらい濡れたって大丈夫だよ。優人が風邪ひいちゃうよ」

「風邪はひいたっていずれ治る。だけど本は濡れたら一生直らない！」

優人の目はどことなく必死で、有無を言わせない迫力があった。

「大学に行くより僕が泊まってるホテルのほうが近いから、そっちに行こう」

「え？」

そう言って優人が駆け出す。

「走って！」

優人の勢いにつられ、私も一気に走り出した。

優人と走り出してからそのあとすぐ、雨は蛇口を一気に開いたかのようにザーザーと降り注いで、私たちはあっという間に全身びしょ濡れになってしまった。服で本を包んでいなかったら、文字はにじんでいたに違いない。

駅から大学へ向かう途中、路地を一本入ったところにそのホテルはあった。

外観は無機質なコンクリートの建物といった感じで、一見ホテルとは思えない佇《たたず》まい。だけど中に入った途端、空気が変わった。

目の前には温かみのあるエントランス。落ち着きのある暖色の絨毯がフロントへとまっすぐ延びていた。クリーム色の壁にはところどころ柱や梁《はり》がむき出しになっていて、ひと昔前の洋館にタイムスリップしたような感覚になる。

「ねぇ、優人はなんでホテル暮らししているの？」

「自宅が遠いところにあるんだ。オープンキャンパスのために、こっちに来たんだけど、しばらくこのホテルに滞在させてもらうことにしたんだ」

「優人の自宅ってどこにあるの？」

優人が一瞬、戸惑った様子を見せたそのとき、フロントの女性が私たちが濡れていることに気づいて、慌てたようにタオルを持ってきてくれた。優人はそのタオルを受け取りながら、「それはそのうち話すよ」と言う。

「とりあえず僕の部屋に行こう。文乃、こっち」

優人はホテルの奥へと歩いていってしまう。私は受け取ったタオルで雨に濡れた身体を拭きながら、優人のあとを追いかけた。

「入って」

部屋に入ると、大きな本棚がまず目に入った。

そして、そのそばには広い机と座り心地のよさそうなリクライニングチェアがあった。シンプルなベッドも置かれているけれど、その部屋はホテルというよりも書斎と言ったほうが相応《ふさわ》しかった。

小説家はこういう場所で仕事をしたりするんだろうか。ここで本を読んだら、贅沢《ぜいたく》な時間を味わえそうで、動きたくなくなってしまうかもしれない。

だけど、なんでだろう。私はこの部屋を知っている気がした。

来たことがないはずなのに不思議な感覚に包まれる。

優人は机に近づくと、フロントでもらったバスタオルを広げる。そしてその上に包んできた本の束を置き、紐を丁寧に解きはじめた。

「よかった……。多少表紙は濡れているけど拭けば大丈夫。中は濡れてないよ」

本当に安心したように言って、優人は一冊一冊、バスタオルでしっかりと拭きながら、中身を確認して横に積み重ねる。本の状態ばかり気にしているけれど、優人自身はまだびしょ濡れで、彼の髪からはぽたぽたと雫が垂れていた。

「優人、本はあとでいいから、先に自分の身体を拭いたほうがいいよ。風邪ひくよ」

私は持っていたバスタオルで、ワシャワシャと優人の髪を拭いてあげた。自分のことより本を優先させる優人に呆れながらも、頬がゆるむ。

優人は本当に本が好きなんだな……。

「ちゃんと拭かないと本当に風邪ひくよ」

髪を拭いたあとに、彼の濡れた首元と肩にタオルを当てる。優人の身体は思っていたよりも冷たくなっていた。

「身体冷たいよ。大丈夫？」

心配して優人を覗き込むと、本を拭いていた優人がふいに顔を上げた。

その距離の近さに顔が一気に熱くなる。焦ってタオルを落としてしまい、思わず身体を一歩引いた。優人はそのバスタオルを拾いながら、見上げるように私を見る。けれど、すぐに私から目を逸らした。

優人の顔も頬から耳にかけてみるみる赤くなっていった。ぎこちない動きで、拾い上げたバスタオルをぐっと握っている。

「僕は大丈夫だよ。それより文乃はこのタオルに包まっていて」

「え？」

優人が目を逸らしたまま、バスタオルを差し出してくる。

「そ、その……、目のやりどころに困るから……」

優人の反応に私は首を傾げた。そして何気なく自分の身体に視線を移すと、自分の服が濡れて透けていることに気づいた。

一気に恥ずかしくなって、さらに顔が熱くなる。優人からバスタオルをバッと受け取ると、すぐに身体に巻きつけた。

「本のことばかり気にしちゃってごめん。それじゃあ、文乃こそ風邪ひいちゃうよね。僕、フロントに浴室を借りられないか相談してくる。ちょっと待ってて！」

優人は慌てるようにそれだけ言って、部屋を出ていった。

フロントにいた女性はこのホテルのオーナーらしかった。

私はオーナーの厚意でバスルームを貸してもらい、洋服を借りて部屋に戻った。

すでに入浴を済ませていた優人は、椅子に座って本を読んでいた。どこか恍惚《こうこつ》としたその横顔に思わず見惚れていると、優人が私に気づいて顔を上げる。

「ちゃんと温まった？　オーナーに洋服、貸してもらえたんだね、よかった」

「うん。優人が頼んでくれたんだよね。ありがとう。なんか迷惑かけちゃったね」

「オーナーはいい人だから、大丈夫だよ」

私は優人のそばに立って、彼が読んでいた本を覗く。

「何を読んでたの？」

「文乃が買った本だよ。この本、共感できるところが多くて、引き込まれるよね」

優人がパラパラと本のページをめくりながら楽しげに言う。

「もし読むんだったら、その本は置いていこうか？」

「いや、もう実は何度も読んでいるんだ」

「そうなの？」

「うん、家にあるから。……ねぇ、文乃」

優人が本を閉じて、私を見た。

「さっきも気になったんだけど、どうして文乃のお母さんは本を読むことに反対するの？」

そのまっすぐな目を見て、優人は本当に私を心配してくれているんだと思った。

「お母さんは、医学部受験の邪魔になるものを部屋に置いておくと怒るんだ。受験勉強ができなくなって、今の大学に入った話はしたでしょ？」

「うん、でもそれは文乃にとっていい選択だと思ってる」

「優人はそう言ってくれたけど、お母さんにとっては違うんだ。お母さんは私が仮面浪人をしていると思っている」

「仮面浪人？　文乃はまた医学部を受験するつもりなの？」

ううん、と小さく答える。優人の目を見るのが怖くてそのまま俯いた。

「じゃあ、どうして」

「お母さんは私が医学部に進学することをまだ諦めてないんだ。私が医学部を来年も受けるって信じてるの。それで……私はずっと、お母さんに受験勉強をしていると嘘をついてる」

「ずっとって、いつから」

「去年の夏あたりから……」

「一年も？」

「……うん」

私の告白を聞いて驚いたのだろう。優人は目を丸くして、返す言葉に困っているようだった。

「こないだお母さんが大学に退学届を出そうって言ってきた」

「……文乃は今の大学を退学したいの？」

私は大きく首を横に振る。

「それなら、お母さんにそう言わなきゃ」

「わかってる。でもどうしても言えなくて……」

「どうして？」

母の顔が浮かんでくる。私が医学部に合格するために毎日勉強をしていると思い込んでいる母の顔。

もし、大学を辞めたくないと言ったらどうなるだろう。医学部に進学することこそが娘の幸せだと信じ込んでいる母に、伝えたところで理解してもらえるのだろうか。

「自分の気持ちに素直になって、もう受験はしない。医師にはならない。今の大学に通いたいって、お母さんに言ってみたら？」

自分の気持ちに素直に……。伝えたら、母は驚き、叱ってくるだろう。もしかしたら見捨てられるかもしれない。その光景を想像したら、つらい気分になる。

私が何を言っても、きっと母には受験から逃げた惨めな娘としか映らない。

「僕は本を読んでいるときの文乃の表情がすごく好きだ。だけど受験の話やお母さんの話をするときの文乃のつらそうな顔を見ると、僕も悲しくなる」

優人が目を伏せて息を吐く。その姿を見たら、私も苦しくなった。本の中の優人はあんなに幸せそうに描かれているのに、そんな表情はしないでほしい。

「……ごめんね。だけど今の私にはお母さんを納得させられる気がしないの」

しばらく沈黙が続いた。せっかく楽しく古本市を回ったというのに、重い空気になってしまった。何か言わなくてはと思っていると、優人が顔を上げて口を開いた。

「そうか、今の文乃に足りないのは自信だね！」

この空気を吹き飛ばすように、優人が明るい声を出す。

「文乃が今の大学でやりたいことができれば、医学部じゃなくても、自分には違う未来があるって思えるようになるのかも」

「やりたいこと……」

「前に、今の大学でやりたいことがないって言っていたけれど、本当にないの？　些細なことでもいいんだよ。気になることとか興味があることとか」

そう言われてすぐに思い浮かんだのは、菜穂に誘われている文芸サークルだった。

「ひとつだけ、気になっていることはあるんだ」

「何？」

「友達が、本を読まなくなった人たちに、読書の楽しみを教えるサークル活動をしているの。実はその手伝いを頼まれていて」

「へえ、すごくおもしろそう」

優人が途端に目を輝かせた。確かに、紙の本を広めたいと思っている優人には興味がある内容かもしれない。

「今月末にそのサークルでイベントを開くの。私はサークルに所属しているわけじゃないんだけど、イベントの内容を提案したら、採用してもらえて……」

「文乃の案が採用されたの？　すごい」

「あのカフェで優人と話してたら、思い浮かんで……だから優人のおかげなんだよ」

あまり褒められたことがないから、照れくさい。優人から一瞬視線を外したけれど、またすぐ向き直った。

「いや、それは文乃自身が考えたことだよ。興味があるなら、やってみたほうがいいよ」

「……うん、そうだよね」

芽生えていた気持ちが花を咲かせるように一気に大きくなった。頭の中で考えていたアイディアがとても素晴らしいことに思えてくる。

「文乃のやってみたいって思うこと、実現していこうよ！」

優人が力強くそう言って微笑んでくれたから、私も「うん」と笑って頷いた。さっきまで私に重くのしかかっていた気持ちは、いつの間にかなくなっていた。

「――以上が、私が考えているカフェの構想案です。質問があったら、言ってください」

イベントの打ち合わせ中、私は緊張しながらも自分が描いているイメージを説明した。先日のことがあるから、菜穂以外のふたりの視線が少し怖い。

けれど優人も一緒に考えてくれた構想案だから、ちゃんと伝えたい。

イベントに興味を持った優人が、いろいろと意見を出してくれたのだ。ふたりで具体的に内容をすり合わせて、それを一枚の企画書としてまとめた。三人は、私の話を真剣に聞いてくれているようだった。

どういう反応が返ってくるんだろう。不安を抱えながら三人の意見を待っていると、

「うん。これなら、本に興味がない人も手に取ってみてくれるかもしれない」

「そうだね。ちょっと見てみようかなってなるかもね」

と菜穂以外のふたりが賛同してくれた。乗り気な表情だったので私はほっとする。

優人と頑張って考えた甲斐があった。

優人と考えたカフェ構想は、メディアミックスを参考にしたものだった。

メディア化された小説を集め、ドラマや映画のDVDなどを一緒に並べて展示する。映画やドラマで有名になっている名場面や名台詞があるなら、そこを大々的に取り上げて、原作の何ページに掲載されていると紹介する。もし、内容が原作と違うものだったらそれを有効活用して、ネタバレしない程度に小説の中身を紹介し、読んでも

らえるように促そうと思っていた。

「正直前回は、興味がないくせになんで打ち合わせに参加したんだろうって思ってたけど、けっこう考えてくれていたのね。冷たい態度を取ってしまってごめんね。私、この案でやってみたい。あ、自己紹介してなかったよね。私、聡美《さとみ》。こっちは晴香《はるか》」

「晴香です。改めてよろしくね芽野さん」

　ふたりは私に笑顔で会釈してくれる。戸惑いながらも私も同じように返した。

　実際のところ、あの日はあまりこのイベントに乗り気じゃなかったから、少し罪悪感を覚える。けれどわざわざ謝ってくれたふたりを見て、自分の態度を反省した。

「今後、ＴＶドラマや映画化される作品があれば、その小説だけを並べてみてもいいかもね。本屋でもそういうコーナーあるし」

「そうだね。本屋になかなか行かない人もいるだろうから、いいかも」

　私の案を軸にして、ふたりが新たな提案をしてくれる。打ち合わせの空気も前回と比べ物にならないくらいよくて、イベントの方向性はすぐにでも固まりそうだった。

「実はカフェ案にしようって決まっていたから、カフェをケータリングしてくれるところを何軒かピックアップしてあるんだ。私、仕事早くない？」

　聡美が得意げに胸を張る。

「カフェが決まればイメージも決まるね！　チラシは任せて。私、得意だから！」

晴香も張り切っている様子だ。

初対面のときはふたりの意見にまとまりがなくて、今までどうやって活動してきたのだろうと思っていたけれど、ふたりの新たな一面を知って、がらりと印象が変わった。まとめ役の菜穂が加われば、このサークルがこれまでしっかりと機能してきたことは容易に想像できた。

今までこんなふうに人を知ろうとしていなかった気がする。優人と出会って、自分のことを認められるようになってきたから、こうやって考えられるようになったのかもしれない。

「おもしろくなってきたね！」

菜穂が私のそばに来て、肩に手をのせた。

「うん……。私も楽しみ」

素直に自分の気持ちを言えた。本を読むときくらいしか、自分の気持ちを表現できないと思っていたのに。

「本当？　じゃあ、この機会にサークルのメンバーになる？」

菜穂が食いついてきて、私は頬をゆるめた。

「まずはこのイベントに最後まで協力する。そのあと前向きに考えてみるよ」

久しぶりに心が晴れた気がした。不思議なくらい、ここにいることが心地よかった。

それからは昼にイベントの準備、夕方はカフェで優人と会う毎日が続いた。カフェに行くと、いつも優人が私より先に来ていて本を読んでいた。

『今日ね、カフェケータリングをお願いできるところが決まったんだよ。子供から大人まで来てもらえるように、メニューが豊富なところに依頼したの』

『いいところが見つかってよかったね』

『今日はね、展示する作品が固まったよ。これがそのリスト。どうかな？』

『いいラインナップなんじゃないかな。この作品、個人的に読みたいな』

会うたびに優人にイベントの進捗状況を報告した。いつの間にか私たちは、約束しなくてもカフェで落ち合うことが当たり前になっていた。

イベントが一週間後に迫った日、私たちはいつものようにカフェで向かい合わせに座っていた。

「会場のセッティングがはじまったんだよ。大学の食堂を使わせてもらえることになってね！　サークルのメンバーだけだと人手が足りないから、同じ学科の人に手伝ってもらえることになったんだ」

以前だったら菜穂以外に話す人なんていなかった。だけど今回のことがきっかけで何人か話せる人が増えた。そしてそれを楽しいなんて思っている自分がいる。

「晴香はとてもイラストが上手なの！　今回のイベントのチラシも晴香がつくってくれたんだよ！　聡美もてきぱき動くから、スタッフの割り振りもすぐ決めてくれた。菜穂の考えている会場の装飾もいい雰囲気で、本当に素敵なブックカフェになりそうなんだよ！」

話したいことは際限なく出てきた。本を読んでいるときのように、私はこのイベントの準備に夢中になっていた。

「それは楽しみだね。きっとうまくいくよ」

「イベント、絶対に来てね」

「うん、もちろん」

「菜穂たちとなら成功させることができるって思えるんだ。準備が進むたびに、みんなのテンションもどんどん上がってる。大学の子とこんなに盛り上がったのは初めてだった」

「文乃、すごくいい顔しているね。本を読んでいるときと同じような顔」

優人が優しく微笑んだ。自分の話ばかりして、なんだか私のほうが年下みたいだ。

「えぇ……、それって、どんな顔？」

「たとえば、うっとりしているときはこう、はらはらしているときはこう」

優人が手に持っていた本を顔に近づけて、表情をころころ変える。笑った顔、泣いた顔、寂しそうな顔、納得いかない顔。あまりにもいろんな顔をするから、私は恥ずかしくなった。

「もう、私そんな顔してないよ！」

「いや、してるんだなぁ、これが」

　優人が本を置いてくすくすと笑った。

「そういえば本の世界を辿るって約束、しばらく中断しちゃっているね。ごめんね。イベントが落ち着いたら、再開できると思うんだけど……」

　準備が忙しくて、優人との約束が後回しになっていた。声を落としてそう言うと、優人はおだやかな笑顔でゆっくりと首を振った。そういえば、優人はいつまであのホテルに泊まるつもりなんだろう。

「大丈夫だよ。それよりも今は文乃のやりたいことに専念しよう」

　優人の言葉はいつも優しく私に響く。それは本を読んでいるときとはまた違う心地よさだ。私はそんな彼の言葉に何度も救われてきた。

　当たり前のように今はふたりで会っているけど、夏休みが終わったら優人はどうするんだろう。それを考えると胸がチクリと痛むから、なるべく考えないようにしていた。優人の隣にいることが、私にとって手放せないものになっている気がした。優人がどこに住んでいるのか。亡くなった彼女のことを本当はどう思っているのか。気にはなっていたけれど、今の関係を壊したくなくて、いつも聞くことができなかった。

＊＊＊

彼女とは図書館ではなく、よくカフェで会うようになっていた。その頃の僕たちは、前よりもいろいろな話をするようになっていた。けれど、もっと彼女と近づきたい。そんな気持ちが僕にはいつもあった。

「実は伯母が経営しているブックホテルがあるんだ」

その場所を提案したときは、さすがに緊張した。

「そこは、宿泊客じゃなくても大きな図書室を使えるところで、君が今読んでいるその作家の本もすべて揃ってるんだけど……」

そう言うと、少し考えるような仕草をしていた彼女が顔をぱっと上げて笑った。その顔が純粋にかわいいと思ったから、それで僕のちっぽけな下心も吹っ飛んでいく。

僕はただ彼女ともっと一緒にいたいんだと思った。

# 第四章　ぶつかって見えるもの

イベントのことや優人のことを考えながら家に帰る。「ただいま」と軽やかに玄関に入ると、そこには母が立っていた。私はその姿を見て一瞬で凍りつく。母が驚くほど冷ややかな視線を私に向けていたからだ。

「文乃、話があるの。ちょっといい?」

リビングに入っていく母の背中から不穏な空気を感じる。

なんの話だろう。いい話は期待できなさそうで、逃げ出したくなる。

答えを先延ばしにしている退学のことだろうか。それとも古本市で買った本を押入れの中にしまっていたことに気づかれたのだろうか。

ゆっくりとリビングへ足を踏み入れると、母はすでに奥のダイニングテーブルに腰掛けていた。

怖気づきながらそっとテーブルの近くに立つと、母が低い声で話しはじめた。

「お母さんね。ここ最近の文乃の様子がいつもと違う感じがしたから、あとをつけたのよ」

「え……」

「そしたら、どういうこと? 大学の図書館で勉強しているんだと思っていたのに、全然違う場所でお友達とおしゃべりしているじゃない」

母は鋭い目で私を見据えてくる。

母が私のあとをつけていたなんて、まったく気づかなかった。しかも菜穂たちと話していたところを見られるなんて……。一気に血の気が引く。

「なぜ、勉強しないで、そんなことをしているのか説明してくれないかしら？」

友達と一緒に勉強をしていたなんて言っても、今の母にそんな嘘は通用しなさそうだった。

「……友人に頼まれて文芸サークルの手伝いをしているの」

「サークルの手伝いって……何を言っているの？　あなたが今やらなきゃいけないことは何？　受験勉強でしょう」

母がふつふつと怒りを吐き出すように、声を荒げていく。

「大事な時期なのよ。油断なんてしていたら、また落ちるわよ。誰かの手助けをしている場合じゃないの。あなたにそんな余裕があるわけないでしょう！」

母の怒鳴り声が、私の身体に突き刺さる。

「その手伝いは断りなさい」

母にそう言われても、私は菜穂たちのイベントに協力するって決めたのだから、今さら断ることなどしたくなかった。それに私自身が最後までイベントをやり遂げたかった。

私はぐっと拳に力を込める。

「私、友達のサークルを手伝いたい。やっと楽しいことが見つかりそうなの。やってみたいの」

「楽しいこと？　あなたが何かを楽しむには、まだ早いでしょう。やるべきことをやってから楽しみなさい。行きたい大学に受かってもいないのに、遊んでいる場合じゃないでしょ！」

母の『行きたい大学』という言葉が心に引っかかる。私が行きたいのは母が望む大学じゃない。私は……。

「私、今の大学、辞めたくない。ほかの大学には行きたくない」

「どういうこと？」

本が好きで文学部を選んだ自分をやっと認めてあげられるような気がしていた。

本に関わるサークル活動が楽しいと思いはじめていた。

母に望まれた医師という夢以上に、今の大学でもそれに負けない夢を見つけられそうな気がしていた。

『自分の気持ちに素直になって、もう受験はしない。医師にはならない。今の大学に通いたいって、お母さんに言ってみたら？』

優人の言葉を思い出す。母にずっと隠していたことを、今なら言える気がした。

「私……受験勉強はしてない。もう一年以上、ずっと」

「なんですって……」

「医学部はもう受けない」

「だって、文乃はずっと医師になりたいって言っていたじゃない！　だから……お母さんはずっと応援して」

　母の声が震えている。怒っているのか悲しんでいるのか私にはわからない。

「最初はそうだった。私も医師になりたいって思っていた。だけど私には無理だった。医学部なんて」

「無理なんてことはないはずよ。文乃だって、しっかり勉強すれば、成果を出せるはずよ！　もっと頑張って……」

「私、もう受験を頑張れない。できないの！」

「できないってどういうこと？　できないわけがないでしょう！」

　一際《ひときわ》大きな声で母が叫ぶ。私は怯んで唇を噛んだ。けれど優人が言ってくれたこと、菜穂たちが私を必要としてくれたことを思い出す。

「……だって本当にできなくなったの……医学部の勉強をしようとすると、身体に力が入らなくなるの」

　受験のことを思い出すと、私の身体はまた力が抜けてしまいそうになる。そんな自分はやっぱり恥ずかしい。だけど私はそんな自分も認めてあげようと思えてきたんだ。

　だから……。

「そんなこと、文乃がそう思い込んでいるからに決まっているでしょう！　気持ちが足りないのよ！　頑張ろうっていう気持ちが！」

　母がリビングの椅子から立ち上がり、バンとテーブルを叩《たた》きつけた。身体が強張る。母は私を見ていない。

「……もう受験はしたくないの。私、違うことをしたいの」

「なんでそんな諦めたようなことを言うの！　お兄ちゃんは無理だなんて、一度も言わなかったわ。あなたはどうして……」

　兄のことを引き合いに出されたとき、私の中で抑え込んでいた感情が勢いよく突き出した。

　確かに兄は順調に医師の道へ進んだかもしれない。私は母にとって思うようにはいかない子だったかもしれない。

　でも私だって頑張ってきた。兄と比べられながらも、ずっと頑張ってきたのに……。

「私はお兄ちゃんとは違う！　私は私なの。お兄ちゃんと同じことを求めないで！」

「そんなことないわよ。文乃だって、お兄ちゃんのようにできるはずよ」

　そこで母が少し焦ったような声を出す。私をなだめようとしているのかもしれない。

　けれどもう止められなかった。

「だから、お兄ちゃんと一緒にしないでって言ってるでしょ！　私、今の大学は退学しない！　医学部受験もしない！」

勢いに任せて自分の気持ちを母にぶつけると、そのまま家を飛び出した。

＊　＊　＊

そのホテルには大きな図書室が併設されている。伯母に頼んで、誰もいない時間に使わせてもらい、僕と彼女は静かに本を読んでいた。

「ふぅ……」

本を読み終わったあと、彼女が感嘆の吐息を漏らす。彼女が本を読み終わったら感想を聞く。そのひとときがいつも楽しかった。

図書室には僕と彼女のふたりきり。薄い毛布をふたりで掛けてソファーベッドに隣り合わせに座っていた。いつもより距離が近いから、彼女の肩が僕の肩に触れた。彼女の体温を肩と空気を通して感じる。サイドテーブルに置いてあったコーヒーはいつのまにかぬるくなっていた。

僕はそっと彼女の指に自分の指を絡めた。それと同時に鼻から息を吐く。そのとき思ったよりも大きな吐息が出てしまい、自分が息を止めていたことに気づいた。

ふたりして息を潜めていたせいか、妙に荒い僕の息遣いがよく響いて恥ずかしくなる。すると、ふふっと彼女が小さく笑ったから、僕もつられて吹き出した。

「緊張してるの、バレバレだね」

恥ずかしさを隠すように、絡めた手を持ち上げて彼女を自分の方へと引き寄せる。

「……私も、緊張してます」

彼女がそんなことを言うから、僕らは互いに目を合わせて、同時に笑った。そしてそのまま距離を縮める。僕の心臓はこれでもかというくらい、大きく鳴っていた——。

＊＊＊

家を飛び出してしまったあと、私は無意識に大学の方へ向かっていた。

けれど大学はもう閉まっている。どこか行ける場所がないかと考えたときに、優人が泊まっているホテルしか思いつかなかった。こんな時間に行っても迷惑をかけるだけだとわかっているのに、私はどうしても優人に会いたかった。

ホテルに入ると、フロントにはオーナーが立っており、私の表情を見て何も言わずに優人の部屋へと通してくれた。

遠慮がちに部屋のドアを叩くと、すぐに開いて優人が顔を出した。

「え？　文乃？」

「突然来ちゃってごめんなさい」

「ううん。とりあえず、中に入って」

優人は私を部屋の中に入れると、「ちょっと待ってて」と言って、慌てて机へと向かった。

机の上には白い便箋が置かれているのが見えた。手紙だろうか。

優人はそれを机の中にしまうと、「文乃はここに座って」と椅子を引いた。優人がその向かい側のベッドの端に座る。

「突然どうしたの？　何かあった？」

優人が心配そうに首を傾げた。勢いでここに来てしまったけれど、彼の声色が優しかったから少し落ち着いてくる。

「お母さんと言い合いになっちゃって、家を飛び出してきちゃった」

私はぽつぽつと話しはじめた。言いたいことがうまくまとまらなくて、自分でも何を話しているのかわからなくなったけど、優人は静かに聞いてくれていた。

「そっか……、そんなことがあったんだ」

話し終えた私に、優人がゆっくりと口を開く。

母にはいずれ話さなくてはいけないと思っていたけれど、こんな形で伝えることになるとは思わなかった。

「お母さん、きっと私に失望したと思う。受験勉強をしていなかったなんて知って」

「でも、ずっと言えなかった文乃の気持ちはお母さんに言えたんだし、努力が必要なときももちろんあるだろうけど、自分の気持ちを無視してまで頑張ることがいいとは限らないよ」

優人が落ち着きのある声でそう言って、優しく微笑んでくれる。包まれるような安心感に、私は少し冷静さを取り戻した。

「うん……」

「でも何も言わずに飛び出してきちゃったんでしょ？　お母さん心配しているんじゃない？」

家を出てくる直前、焦ったような声でおろおろしていた母の姿を思い出す。

「でも私、まだあそこに戻る勇気はない」

「そっか」

帰ったほうがいいよ、と言われるかと思ったのに、優人は少し考えた仕草をして、

「じゃあ、文乃が元気になれるように、いいところに連れていってあげる」

と口角を上げた。

「え？」

「ついてきて」

優人がベッドから立ち上がり、悪戯《いたずら》をしようとしている少年のような目で、にこりと笑う。

「な、何……？」

「いいからいいから、行くよ」

私の質問には答えないまま、優人は部屋の外に出る。私は戸惑いながらも、びっくり箱を与えられた子供のような好奇心を感じながら、彼のあとをついていった。

優人が言った『いいところ』というのは、どうやらホテルの中にあるらしい。

エレベーターに乗り下の階に降りると、あるひとつの部屋に案内された。

部屋の中には受付カウンターがあり、そこに立っていたスタッフに会釈をされる。つられて頭を軽く下げると、優人はそのまま奥へと進んだ。開けたスペースまで辿り着くと、そこにはホテルとは思えない光景が広がっていた。

「え……、ホテルに図書室？」

広いスペースには、ぎっしりと本棚が置かれていた。ところどころに気持ちよさそうなソファーベッドが設置されていて、大学の図書館とも本屋とも違う、素敵な空間が私を包む。

「文乃、この場所を見て、何か思い出さない？」

「え？」

私はそう言われて、図書室を見渡す。本棚に並んだ多くの本。ソファーベッドのそばには小さなサイドテーブル。近くの棚には薄手の毛布まで用意されている。

「ヒントは、僕たちがずっと辿ってきたもののひとつ」

「あ！」

頭の中に本のふたりが降りてきた。彼の伯母が経営しているというブックホテルの図書室で、肩を並べて本を読んでいる場面。

「ここって、あの本に描かれていたホテルだったんだね」

「そうだよ」

「そっかぁ、ここがそうなんだぁ……」

前にこのホテルのことを知っているような気がした理由がわかった。

「この図書室はね。部屋に戻らずに、そのまま寝てもいいんだよ」

「寝落ちして、朝までゆっくりできる図書室なんて、素敵だね」

話しながら高揚感に包まれていくのを感じた。さっきまで母のことで気分が落ち込んでいたというのに。

「この図書室の本を部屋に持っていっても大丈夫だし、もし読みたい本がなかったら、受付カウンターに行って本のタイトルを伝えるといいよ。ほかの宿泊者が持っているか確認してくれるし、なかったら仕入れてくれることもある。たいがいのリクエストは通ると思う」

優人に言われて、指で示されたカウンターを見た。あの女性はこの図書室の司書だったんだ。

「まあ、このシステムは長期滞在者やリピーター向けかもしれないけどね。作家とかビジネスマンとか、こもってデスクワークしたい人が泊まりに来るみたいだよ。もちろん本が好きな人も、この場所を聞きつけて泊まりに来るらしいけどね」

確かに隠れ家のようなこの場所なら、読書もきっとはかどるだろう。実際、私もこの図書室に入ってから、本を読みたくてずっとうずうずしている。

「僕、ソファーベッドを確保してくるよ。文乃は読みたい本を探しておいで」

「うん」

優人が受付カウンターへと向かったから、私は本棚を端から見てみることにした。

宿泊者に合わせてなのか、若者から年配者まで好まれそうな本の品揃え。読んだことはないけれど、聞いたことのあるタイトルが割と目につく。話題になった本やメディア化された本はすべて揃っているようだ。

「文乃はまず何読む？」

受付を終えたらしく、毛布を持った優人が声をかけてきた。

「まだ受けるかどうか迷っているんだけど、実は菜穂からブックアドバイザーを担当してみないかって言われていてね」

「ブックアドバイザー？」

「要望にあった本を提供する人のことだよ。活字を読むことに苦手意識がある人の話を聞いて、本をおすすめする役割なの」

「へぇ、けっこう重要な役回りだね」

「私、正式なサークルメンバーじゃないし、今回は手伝いのつもりだったんだけど、菜穂がやってみないかって。それで紹介するのによさそうな本を下調べしておきたいなぁと思っているんだけど……」

「そっかぁ……」

優人はそう呟いて、図書室内の本を端から確認しはじめた。

「このあたりかな。文乃、こっちに来て」

「え？」

手招きされて、優人が立ち止まっている本棚の前まで移動する。

「この本棚にある本は、比較的読書が苦手な人でも読めるようなものばっかりなんだ」

「そうなの？」

「話の内容も万人受けしそうなものばかりだし、言葉も易しいから、読みやすいと思う」

「へぇ、そうなんだ」

並べられた本のタイトルを確認する。読んだことがない本もあったから、私は何冊かを手に取った。

「優人も読んだことあるの？」

「うん、読んだよ。ていうか、ここにある本、全部読んだ」

「え!?　全部？」

「うん」

私はあらためて本棚を見回した。大学の図書館より少ないとはいえ、全部読んだというにはかなりの量がある。

そういえば優人はこのホテルでしばらく暮らしているんだっけ？

「ここに泊まっている間に全部読んだの？」

「いや、さすがにそれは無理だよ。ホテルに泊まりはじめたのはこの八月からだもん」

そうだ、優人はオープンキャンパスのためにここに来たのだ。そもそも、優人はなぜホテル暮らしをしているんだろう。どこに住んでいるのかを前に聞いたけれど、はぐらかされて以来教えてもらっていない。いったいいつこの量の本を読んだのかもまったくわからない。

考えてみたら、私は優人のことを詳しく知らない。

よっぽど変な顔をして考え込んでいたのだろう、優人は私の顔を見て、笑いを堪えるように口を開いた。

「僕の家に書庫があるんだ。そこにもここと同じ本が揃ってるから読めたんだよ」

「自宅に書庫があるの⁉」

読んでいる量にも驚いたけれど、さらにすごいのはこんなにたくさんの本が家にあるということだ。

「親戚も含めて本好きが多いんだろうね。本が積もり積もって書庫をつくったみたい」

そういえば、優人の伯母さんがこのホテルを経営しているんだった。なら、自宅にこれだけの本があることも不思議ではないかもしれない。それにしても、家はかなりの豪邸なのではないだろうか。

「ねぇ、優人はどこに住んでいるの？」

思い切って聞いてみる。

「……あまり知られていない地名だから言ってもわからないよ」

「調べればわかるかもしれないよ。それに今度話すって言っていた」

「まぁとりあえず、簡単には帰れないくらい遠いのは確かだよ」

優人はそう言うと、明らかにつくり笑いをしてから、気まずそうに目を逸らした。

その態度で、これ以上触れてほしくないんだと思って私は口をつぐむ。

どうして地名を隠すんだろう。知られたらまずいことでもあるのだろうか。実は家出してきたとか？

聞き返せなくなった分、憶測が飛ぶ。だけど優人の次の言葉に、家出という選択肢は消えた。

「でも、夏休みが終わる前に、自宅に帰らないといけないんだよね」

優人が残念そうな顔をする。

「いつ帰るの？」とその横顔に問いかけると、優人が私に振り返り、とてもまじめな顔をして、「八月の満月の夜に帰るよ」と答えた。

「…………」

ふたりの間に妙な沈黙が流れる。

「……っぷ！」

堪えきれず私は思わず吹き出した。

「なにその、八月の満月の夜に帰るって！　かぐや姫じゃない！」

私は笑いながら続けた。

「そうだね。かぐや姫みたいだね。日付は違うけど」

優人も顔をゆるめ、ふたりで笑った。まるで本の中のふたりみたいだ。優人も本当におかしそうに笑うから、その答えを冗談だと受け止めてしまった。

「文乃、せっかくソファを確保したんだし座らない？」

「うん。そうしよっか」

優人が「こっちだよ」と空いているふたり用のソファーベッドへと誘導する。

「ここに座って。足を投げ出しちゃっていいよ」

優人がソファーベッドの座面を叩いて座るよう促す。私は言われたとおりに足を投げ出して座ってみた。

「はい。毛布も」と、優人が毛布を差し出してくれる。それを膝にかけると、そこは本当にくつろげる空間になった。クッションの座り心地もとてもよくて、リラックスできる。

だけど……。

「僕も文乃と一緒に何か本を読もうかな。隣座っていい？」

「え？」

優人が近くにあった本を適当に取って、私のすぐ隣に座ってきたから、一気に緊張が走る。肩がそっと触れ合って、どぎまぎする。

優人の顔を盗み見ると、横顔が思ったよりもすぐそばにあって、鼓動がトクンと反応してしまう。

どうしよう……。距離がいつもより近い……。

顔が熱くなって、慌てて手元へと視線を戻す。

「文乃はこの本、読んだ？　最後の展開がたまらないんだよ。絶対おすすめ」

優人の思考回路は一気に本一色に染まったらしく、さっき手に取った本を私に見せてきて、楽しそうに話しはじめる。

優人の肩はぴったりと私の肩に寄せられていて、口を開くたびに、彼の吐息が私の髪を揺らした。鼓動はどんどん加速していく。

優人の話がまったく耳に入ってこない。

それぞれ自分たちの本を読むことになったあとも、私はどこか上の空だった。いつもならすぐにその世界に入り込めるのに、このときは全然集中することができなかった。

「──文乃、お腹空いているでしょう？　部屋に食事を用意してもらったから、一度戻らない？」

優人に声をかけられてはっとした。一気に本の余韻から引き戻される。

いつの間にか私は、本の世界に入り込むことができていたらしい。優人が本を探しにソファーベッドを離れたタイミングで、読書にのめり込んだみたいだった。

周囲を見渡すと、さっきよりも人が多くなっていた。席はすべて埋まっていて、宿泊者が皆ここに集まっているのかもしれない。ひとり掛けのソファで熱心に本を読んでいる人や、仲良く寄り添って座り、それぞれ本を読んでいるカップルもいる。

カウンターの上にある時計の針は夜九時を指していた。

「うん。戻ろうか」

私はまだ読めていない本を手にして、優人と部屋に戻った。

部屋に戻ると、机の上に食事が並んでいた。サンドイッチやおにぎり、サラダや惣菜のオードブルだ。

「ふたりでカフェの食事も楽しかったけど、こうして部屋で食べるのもいいよね。座って」

私のために用意してくれたのか、椅子はふたり分あった。

「食事が終わったらどうする？　帰る？　それとも、ここに泊まっていく？」

やわらかい眼差しと声で、ふいに現実へと引き戻された。けれど優人は無理やり帰らせようとせず、私に逃げ道も用意してくれている。

母と顔を合わせるのはまだ気が重かった。でも行くところはない。

「……泊まってもいいの？」

「オーナーには確認してあるから、あとは文乃次第だよ」

今夜はできたら何も考えずに本の世界に入り込んで、そのまま寝てしまいたい気分だった。

「……まだ家に帰りたくない」

思ったことをそのまま口にする。優人は迷惑がる素振りも見せずに、ゆっくりと頷いた。

「うん、わかった。じゃあそうしよう。僕はちょっとやりたいことがあるんだけど、食事のあと文乃はどうする？　持ってきた本を読む？」

「そうしようかな」

「それなら、この部屋を使っていいよ。ベッドも自由に使って」

「え？　このベッドを？」

「いいよ。それと着替えはまたフロントに行けば貸してくれるって言っていたから。好きな時間にお風呂も使っていいってさ」

「……ありがとう。あとでオーナーにもお礼を言わなきゃね」

「うん。じゃあ、とりあえず食事にしよう？」

そっか、泊まるっていうことは、優人の部屋に泊まるってことになるのか。

かなり大胆な発言をしてしまったことに今さら気づいた。

帰りたくない気持ちが大きかったから深く考えていなかったけれど、急に恥ずかしくなる。私は優人が差し出してきた箸を、平静を装って受け取った。なのにふいに指先が触れてしまったから、それだけでシュワシュワと熱が湧き上がりそうになった。

「……うん」

お風呂から出たあと、私は優人の部屋でひとり本を読んで過ごしていた。

緊張する必要なんてまるでなかった。優人が気を遣ってくれて、自分の部屋を私のために明け渡してくれたからだ。私に泊まることを提案したときには、その算段がついていたらしい。

少し残念がっている自分に呆れながら、私は読み終わった本を棚にしまった。

時計を確認すると深夜〇時を過ぎている。だけど、まだ眠れる気分じゃない。

もう一冊、読もうかな……。

部屋の本棚を見ていると、優人の趣向をこっそり覗いているみたいで不思議な気持ちになる。

そこでふいに、見覚えのあるタイトルが目に入った。

それは『僕は君と、本の世界で恋をした。』だった。

そういえば図書室で借りたあと、優人が持っていったままだったかもしれない。返却していないような、と考えながらその本を取り出す。

優人との出会いはこの本からはじまったんだよね……。

最初のページを開いて、文字を辿っていく。

本に描かれていることと、実際に優人と過ごした出来事に多少の違いはあるけれど、私たちはふたりと似たようなことをしてきている。

本に描かれた世界は、優人が彼女を本当に好きだったことが伝わってくる。それと同時に私に対する優人の優しさに胸を締めつけられた。

優人は私のことを彼女と重ねているのだろうか？

まだ彼女のことを好きなんだろうか？

胸の奥から感じる小さな痛みは、優人を不憫《ふびん》に思うからなのか、自分が悲しいからなのかはっきりとはわからない。

だけど、彼女がすでにこの世にいないのなら、優人の彼女との記憶が、自分との楽しい記憶に上書きされればいい。優人が痛みを抱えているのなら、その痛みがすべてなくなってくれたらいいのにと思った。

こんなことを考えるなんて、彼女には申し訳ないのかもしれないけれど……。

優人と出会う前は、大学の図書館に引きこもって、情けない自分と向き合わずにいた。オープンキャンパスの日、もし優人に誘い出してもらっていなかったら、私は菜穂に捕まらず、サークルに参加することにはなっていなかったかもしれない。

今の大学を選んだ自分を認めていいと優人は言ってくれた。彼のおかげで、私は新しい自分の在り方を考えさせられた。だから私はあの頃より変わることができている。

優人と辿ったいろいろな場所を思い返しながら、私はいつしか眠りに落ちていた。

コンコンとドアを叩く音が聞こえてきて、私はうとうとしながら身体を起こした。まだ眠くて欠伸《あくび》が出る。ゆっくりとした足取りでドアを開けると、そこに優人が立っていた。

「文乃、起きた？」

「おはよう……優人」

「おはよう。文乃がなかなか起きてこないから、呼びに来ちゃったよ。僕は図書室にいるから、支度できたら降りてきて。別に急がなくても大丈夫だからさ」

優人はそう言うと、昨晩持ち出した荷物を部屋の中へと戻し、すぐに去っていった。

今、何時なんだろう？

目をこすって、時計を確認する。その時間を見た瞬間、私は大きく目を見開いた。

「おまたせしました……」

急いで出かける準備をして図書室に降り、ソファーベッドで本を読んでいる優人に声をかけた。申し訳ない気持ちから、私は俯く。

「ゆっくり眠れた？」

優人が何か言いたそうに含み笑いをした。

「……うん」

私は小さく返事をして、優人から目を逸らした。

「文乃がそんなにお寝坊さんだとは知らなかったな」

そんなふうに優人がからかうように言うから、途端に恥ずかしくなる。

「遅くまで本を読んじゃって、寝る時間が遅くなっちゃったから……」

口ごもりながら答えても、優人はまだ笑っていた。

「まぁ、寝坊するくらい本を楽しめたってことならよかったんじゃない？　十一時はちょっと寝すぎだけどさ」

「ひとこと多いよ。もっと早く起こしてくれてもよかったのに」

そう言って私は優人の肩を軽く叩く。優人は私のその手にそっと触れて、くすくすと笑った。

「……寝る前にね、優人の書いた本をもう一度読んだんだよ」

「え？　あ、そっか。本棚に入れてあったもんね」

「どこの場所も本に溢れていて素敵な場所だったよね」

優人にとっては亡くなった彼女との思い出の場所。確かにふたりで訪れた場所だけど、優人と私では思うことが違うような気もした。それでも優人は、

「うん、本当にそうだね」

と優しく言って、そのまま私の手を掴み自分の方へと引き寄せた。

「文乃、座って」

引き寄せられるままに、私は優人が座っていたソファーベッドに腰を落とす。

誰もいない図書室で、私たちの距離は一気に近くなる。昨晩と違うのは、ふたりとも本を手にしていないこと。

優人が投げ出していた足をすっと引っ込めると、私と真向かいになるように座り直した。

「僕さ、文乃にちゃんと伝えたいことがあるんだ」

「伝えたいこと？」

「僕にずっと付き合ってくれてありがとう。おかげでとても充実した時間が過ごせた。本についてまたいろいろ知ることができた。文乃と会えて本当によかった」

「……どうしたの、そんな急にあらたまって」

「ちゃんとお礼を言っておきたかったんだ。ありがとう、文乃」

優人が寂しそうに目を細めるから、胸がざわついた。なんだかこのまま会えなくなるような気がしてくる。

「お礼なんていいのに。なんだか、本の世界を辿るのをもう終わりにしちゃうみたい」

「うん。そうしようって、文乃に言おうと思ったんだ」

冗談めかして言ったのに、優人がそんなことを口にするから、ずしりと気分が重くなる。優人の落ち着いた静かな声が、胸を突き刺してくる。

「どうして？　……もしかして、彼女のことを思い出して、つらくなった？」

私はずっと楽しく過ごせていたと思ったけど、終わりにしたくなるほど優人はつらかったんだろうか。

「違うよ。むしろ文乃のこと……」

「え？」

「いや、なんでもない」

聞き返すと、優人が慌てて首を振る。

「そうじゃなくて、本の世界をすべて辿るにはもう時間が足りないっていうのが正しいかな」

「どういうこと？」

「満月の夜に帰るからさ」

「あ……」

そういえば昨日、優人は満月の夜に帰ると言っていた。冗談だと思って流してしまったけれど、本当だったんだ。

確かに考えてみれば優人は高校生で、夏休みが終われば学校がはじまる。そしたら、こんなふうに過ごすことはできなくなる。それに優人の自宅は……。

「帰るって自宅に帰るの？　とっても遠いんだよね？」

「うん。だからこうして、文乃には会えなくなっちゃうね……」

優人と会えなくなる。それをあらためて意識した途端、何も考えられなくなった。ただ寂しいという思いが湧き上がってくる。

「満月の夜って、いつなの？」

「六日後」

「それ、イベントの日……」

「うん、そうなんだ。その日の夜に帰る」

胸が何かに締めつけられたように痛む。あと一週間も一緒にいられない。

優人と一緒に過ごすことになったのは、彼が亡くなった彼女と似ている私と本の世界を辿りたいと言ったから。

だけど私にとってはもうそれだけじゃなくなっていた。私自身が優人と一緒にいたいと思っていた。こんなに毎日一緒に過ごしていたのに、まったく会えなくなってしまうなんて。

「……ねぇ、だけど優人は来年、うちの大学を受けるんだよね？　そしたら、また会えるよね？」

優人も同じ大学を志望していると言っていた。それなら四月にはまた会えるかもしれない。私は期待を込めて優人をじっと見た。

「文乃は、また僕に会いたいって思ってくれているの？」

優人がきょとんとした目を向けるから切なくなる。私だけがこんなふうに考えているみたいだ。

優人はそう思っていてくれていないの？　私はこんなに寂しいのに。

「また会いたいよ。むしろ、会えなくなるのは嫌。優人とずっと一緒にいたい」

「……文乃」

優人が私に視線をしっかりと重ねてくる。その瞬間、この場の空気が変わった気がした。

だって本当に、優人と一緒にいた時間は楽しかった。つらかったことや悲しかったことを優人に話すことができて、私は救われ、助けてもらった。

優人がいたから私はあの大学の図書館から外へ出て、ずっと止まっていた心の針を動かすことができた。

「私、あの本の世界を優人と最後まで一緒に辿りたい」

優人は何も言わずただ私の手に自分の手を乗せた。身体が自然に近づいて、私の脈が速まっていく。手も足も顔も優人に吸い寄せられて、動けなくなる。

優人の体温を、空気を通して感じて。

互いの心を確認するかのように、見つめ合ったまま。

私はそっと目を閉じた。

優人の髪が私の鼻をくすぐった。そして私の額に優人のやわらかい唇が触れる。

だけどそれは一瞬のことで、優人の身体はすぐに私から離れた。

「……優人？」

優人の熱をあっという間に失って、私は戸惑いながら目を開けた。優人はすでにソファーベッドから降りていて、私に背を向けている。それがなんだか拒否されているようで、私は不安になった。

「……よし、決めた！」

優人が突然声を上げ、私の方へ振り返る。優人の顔は私の不安を吹き飛ばしてくれるくらい真っ赤だった。ただ恥ずかしがっていただけなんだと思い、ほっとする。

「文乃を最後の場所へ連れていくよ！」

優人が力強い口調で宣言する。その目は何かを決意したようにまっすぐ私を見ていた。

「本当に？　いいの？」

「うん。僕も文乃とまだ一緒にいたいから」

私は嬉しくなって、大きく頷いた。

優人とまだ一緒にいられる。そう思ったら、気持ちが駆け上がるようだった。

それにあの場所は本の中のふたりにとって特別な場所だった。だからこそ、私も優人と一緒に行きたい。

「だけどその前に、文乃はちゃんとお母さんと話し合っておいで」

優人がゆっくりと私のもとに戻ってきて、私の視線の高さまで腰をかがめる。

「文乃がちゃんとお母さんと向き合ってくれないと、僕は安心して帰れないからさ」

「……できるかな」

昨日は母の言葉に反発して、逃げ出してしまった。もう一度、今度は落ち着いてしっかりと自分の気持ちを言えるだろうか。

「文乃ならできるよ」

優人が優しく微笑む。そしてまた私の手をそっと握ってくれた。

「まずは謝らなきゃ。それに文乃の本当の気持ちを知ったら、お母さんも応援してくれると思うな」

優人の手はいつも私をあたたかく励ましてくれる。

そうだ、私は逃げるばかりで本当の気持ちを伝えてもこなかった。

謝らなくちゃいけない。ずっと嘘をついてきたことを……。

「大丈夫。今の文乃なら、ちゃんと気持ちを伝えられるよ」

穏やかな口調。優人の言葉はまるで魔法みたいだ。私の心にすっと響いて溶け込んでいく。

もう逃げたことを恥ずかしいと思っているだけの私じゃない。新しく見つけた自分に合った場所で、未来に向かうスタートラインに立っている。

後ろは振り向かず、前に進むんだ……。

「うん、ありがとう優人。私、お母さんに話してみる」

そう大きく頷くと、優人は嬉しそうに笑って私の頭を撫でてくれた。

＊　＊　＊

彼女が静かに目を閉じた。その顔はどこか無理しているようにも見えて、それを愛しく思った。

僕はふっと口元をゆるませて、そのまま彼女の頬にそっとキスをする。唇を離したら、目を開けた彼女が少し戸惑ったような顔をして、頬を確かめるようにさわった。

「君のことが好きなんだ」

彼女は僕の言葉に一気に顔を赤らめた。そして、下を向いたまま小さく口を動かす。

「君は僕のこと、嫌い？」

不安を抱えながらそう聞くと、彼女は静かに首を横に振った。

「それなら、待つよ」

少しずるい言い方だったかもしれない。けれど彼女がそこでほっとしたように笑ったから胸を撫で下ろす。この気持ちが報われなくても、それまでは彼女とまだ一緒にいたかった。

「――あの」

恥ずかしそうに目を細めながら、彼女がおずおずと口を開く。

「実は私、行きたいところがあるんです。一緒に行ってくれませんか」

もちろん、と僕は即答する。彼女から提案してくれるなんて初めてのことだった。

「どこにでも行くよ。今すぐにでも」

少し力んで言うと、彼女が笑った。そしてその小さな口からやわらかく声が漏れる。

「私、見たいものがあって――」

＊＊＊

帰路につきながら、まだ高い日差しに全身が照らされていた。肌がじわりと汗ばんでいく。だけど、この汗は暑さのせいだけではない。

母と顔を合わせたら、何から話せばいいだろう。

しっかりと自分の気持ちを伝えることができるだろうか。

玄関の前に立っても、ドアを開けるのをためらってしまう。

だけどまず勝手に家を飛び出したこと、そして嘘をついていたことを謝ろう。私は覚悟を決めてドアノブに手をかける。けれどそこで勝手にドアが開いたから、驚いて飛び上がりそうになった。

「無断外泊娘さん。いつまでそこに突っ立っているつもりですか？」

予想もしない声が聞こえて、目を見開く。そこに立っていたのは母ではなく、医療研修で忙しいはずの兄だった。

「お、お兄ちゃん」

「どこに泊まったのかは詮索しないけど、朝、いや昼帰りかぁ。文乃も大人になったんだなぁ」

兄は以前と比べて少し痩せたようだった。それでも表情は明るく、にやにやしながら私のことを見下ろしてくる。

「なんでお兄ちゃんがいるの？」

「まあ、なんでかと言えば、お袋が俺に泣きながら電話をよこしてきたからかな」

「え？」

泣きながら？　いつも叱ってばかりの母からは、そんな弱々しい姿はイメージできない。

「文乃、医学部受けないんだってな」

「……お母さんから聞いたの？」

「ああ、昨日のことは全部お袋から聞いたよ。それで文乃の状況はだいたい理解できた。まぁ、中に入ってゆっくり話そう。お袋も待っているからさ」

「……うん」

私は兄に続いて、そうっと中をうかがうようにしながら、リビングへと入った。

「た、ただいま」

「おかえり」

ソファに腰を下ろしていた母から静かな声が返ってくる。私はおそるおそる母の真向かいに立った。

緊張と不安で手が震える。私は今まで逃げてばかりいた。ずっと嘘をついていた。だけど、ちゃんと謝るって、自分の気持ちを伝えるって優人と約束したんだから、言わなきゃ……。

優人の手のぬくもりを思い出して、私はぐっと拳を握りしめた。

「お、お母さん。……ごめんなさい。受験勉強をしているって、ずっと嘘をついていて、ごめんなさい。私、大学を辞めたくありません。医学部じゃなくて、今の大学に通っていたいです」

ひと息に言って頭を下げる。母はすぐには何も言わなかった。沈黙が続く間、私の心臓はずっと忙しなく動いていた。

「いつから、勉強してなかったの？」

母のひやりとした声にびくっと身体が縮こまる。

「……去年の夏から」

ずっと母に言えなかった。言ったら失望されると思った。医師になれない私は、母が望む娘じゃないから。

母が大きく息を吐き出す。ひどく重たい溜息に聞こえた。逃げ出したい、そう思ったけれど、もう逃げたくないという気持ちが私をこの場に立たせている。

「そうなの。そんな前から」

母が嘆くように言う。顔を上げられないまま、私は「……ごめんなさい」と小さく声を漏らした。そのとき、

「文乃、ごめんね」

と、私と同じくらい小さな声で母がそう言った。思わず顔を上げる。母の顔を見ると、その目は少し涙でにじんでいた。

「謝るのは私のほう。兄さんに言われたわ。文乃が『受験勉強ができない、もう無理だ』と言ったのなら、それは本当にできなくなっているんじゃないかって、つらいんじゃないかって」

戸惑いながら兄を見ると目が合った。ずっと会っていなかったのに、兄は話を聞いただけで私の気持ちを理解してくれたんだ。にかっと笑う兄の顔を見たら、ふっと涙が出そうになった。

「文乃はまじめで頑張り屋だから、やると決めたことはちゃんとできるはずだって。文乃は本当に受験勉強ができなくなっちゃったの？」

母が目元を潤ませながら、まっすぐに私を見て聞いてくる。その目を見たらなんだか安心して、私は自然に頷いていた。母に昔絵本を読んでとねだったみたいに、また

甘えたい。こんな私でも受け止めてほしくなる。

「受験勉強をしようと机に向かうと、手が震えて言うことをきかないの。参考書を見ると息が詰まって苦しくなった。だから私、ずっと図書館で本を読んでいた。本を読んでいるとね、呼吸が楽になったの。つらいことを忘れられた。幸せな気持ちにもなれたの。勝手なことを言っているのはわかってる。だけど私、本に携わることがしたい」

本が私を救ってくれた。本を好きになったからこそ、私は大切なものと結びついた。菜穂に声をかけられ、サークル活動ができた。あの図書館に通っていたから、優人と出会えた。それは私にとって、すべて意味のあること。

「もう医学部に入るためには頑張れないのね？」

「本当にごめんなさい。でも逃げじゃないの。これからはちゃんと胸を張れるように、今の大学で勉強を頑張るから」

母がそっと目元をぬぐった。こんなに弱々しい母の姿を見たのは初めてだった。

「お母さん、文乃がそんなに苦しんでいたなんて、まったく気づいていなかった。文乃はずっと医学部を目指して頑張っているんだって思い込んでいたし、お母さんも文乃に医学部に合格してほしくて必死だった。応援しているつもりでいたけど、違ったのね。私が文乃を追い込んでいたのね」

その言葉に私は何も言えなくなる。でも、母だけのせいじゃない。

私の問題でもあった。どんなに成績が落ちても、母に叱られても、兄と比較されても、私は医師になるための志が足りなかった。自分自身で未来を切り開こうとする意欲が低かったのだ。

「お母さんは文乃のことが本当に心配だったのよ。文乃は私と似ているから、余計に不安で、文乃が将来困らないようにって、ああしたほうがいい、こうしたほうがいいと言いたくて、心配で仕方なくて……」

母は兄より出来の悪い私に失望しているんだと思っていた。だからいつも私を叱っているんだと思っていた。

心配してくれていたなんて、思ってもいなかった。

「お袋、文乃が帰ってくる前に話しただろう？　文乃の将来は文乃のもので、お袋が考えるものじゃないって。心配するのはいいけど、どうするか決めるのは文乃だよ」

兄が力強く言う。その低い声は、私に心地よく響いた。

「医師になったからって、将来困らないわけじゃない。俺も今になってそれを実感してる。親父は医師の仕事が天職だったのかもしれないけれど、親父のもとで働いて、気づいた。俺は親父とは違う。結局、自分が本当にやりたいって思う仕事じゃなきゃ、のめり込むことだってできないし、意欲だって下がっていくって」

「それって……」

兄の言葉に驚いた。兄は医師になることを心から望んでいるのだとばかり思っていたから。

「研修医になってからかな。自分に向いてないんじゃないかって、正直悩みはじめてる。とりあえず研修医期間はちゃんと全うするけど、そのあと医師の仕事を続けるかはわからない」

母も初耳だったらしい。ただ目を見開いて兄のことをじっと見ている。

「お袋のせいじゃないよ。ここまで続けてきたのは俺の選択だと思ってる。だから、お袋は俺が医師にならない選択をしても、自分を責めなくていい。そして、俺の選択を受け入れてほしい」

母に向かって頭を下げた兄の言葉が、私の胸にじんわりと滲みる。私も、兄のように自分がどうしたいかをちゃんと伝えたい。

「お母さん、私、滑り止めで受かった今の大学で、何ができるのかわからなくて、ずっと戸惑っていた。だけど本を読むのが好きなんだってことは確かだった。それに友達とサークル活動を一緒にやっているうちに、多くの人に本を読んでもらいたいって思いはじめた。この先、私の選択がどう転んでいくかわからないけれど、今の大学で自分の居場所をもっと増やしていきたい。だからお願いします。大学にこれからも通わせてください」

今度は母の顔をしっかりと見据えて言うことができた。これが私の本当の気持ち。理想の自分を偽るのではなく、ありのままの自分を受け入れるための言葉。

「文乃、今はそれでいいんだよ。目の前に転がってきたものを受け入れて、挑戦して。若いうちは考えるより行動してこそ、自分を見つけられるってもんだからさ」

兄の言葉は素直に私の中に浸透していく。数カ月前の私なら、きっとそう思えなかった。そんなことない、私は駄目なんだ、なんて思っていた。

「……ごめんなさい」

そこで母が私たちに大きく頭を下げた。私と兄は、驚いて目を合わせてから、母を見る。

「お母さん、本当は昔、医学部を目指していたの。でも受からなくて、恥ずかしくて誰にも言えなかった。だから医師であるお父さんにすごく憧れて、そして結婚した。お母さん、あなたたちふたりに自分が果たせなかった夢を果たしてほしいって思って必死だったのかもしれない。本当にごめんなさい」

母にも抱えていたものがあったんだ。それに気づかず、私は自分のことばかりになっていた。母の目からは涙がぽろぽろ零れていて、声は少し震えていた。なんだか母がやけに小さく見えた。

「だから、自分を責めなくていいって言っているだろう?」

兄が母の後ろに立ち、母の両肩に手を置く。労るように母の肩をもむ兄と、ゆっくりと口元をゆるませる母。

そんなふたりを見て、自然と笑みが零れた。

私もいつか、自分のことだけでいっぱいになるのではなく、兄のように母を労れるようになれたらいいと思う。

私はずっと、母に自分の不甲斐なさを認めてもらえないと思っていた。

だけど優人の言うとおり、本音でぶつかったら、母は私の気持ちをちゃんと受け止めてくれた。

そっか。ずっと苦しかったのは、私が本音を隠していたからなのかもしれない。

お互いの気持ちをぶつけ合ってこそ、見えてくるものがある。それがわかったとき、心が一気に晴れ渡った気がした。

# 第五章　彼と辿る最後の世界

「私、見たいものがあって——」

そう言ったあと、彼女はこう告げた。

「蛍がいる場所に行きたいです」

てっきり本に関係する場所を提案されるものだと思っていたから意外だった。理由をたずねると、

「あなたにおすすめされた時代小説を読んでいたら、切ない恋が多くて。相手を思っているときはほのかに光って、一緒にいるときは輝くように光って、そして儚く終わる。それがまるで蛍みたいだなって感じていて……」

そうはにかみながら答えた。僕が教えた小説を読んでそんなふうに思ってくれていたのは嬉しかったけど、今は八月の終わり。蛍は時季外れなのではないだろうか。

「でも、多分見られないですよね。もう夏も終わりだし……」

僕が考え込む顔をしていたからだろう。彼女が申し訳なさそうに声を落とす。

「いや、もしかしたらまだ見られるところがあるかもしれない。とりあえず探してみよう」

僕がそう言うと、彼女は嬉しそうに微笑んだ。

本当に蛍を見ることができたら、彼女はもっと笑ってくれるだろうか。その姿を想像するだけで、僕は幸福な気持ちになった。

＊＊＊

「なんか文乃、今日はいつもよりも張り切っていたね」

母と話し合えた翌日。イベントはもう五日後に迫っていた。

会場のカフェテーブルと椅子の設置、そして本棚の組み立てがすべて終わったところで、菜穂にそう言われた。

「え？　そう？」

「うん。なんか、いろんなものが吹っ切れたっていうか、表情も全然違う」

「そうかな？」

「うん。いいことでもあったの？」

「あはは」

「あははじゃないよ」

菜穂にからかうように言われて、私は笑ってごまかした。

母と話せたことで気持ちが前向きになったことは実感していた。今まではこの活動もどこかうしろめたさがあったから、菜穂たちがお願いしてくることにだけ動いていたように思う。だけど今日は、展示する本の位置や各テーブルに置く本棚の大きさなど、自分から提案して動いていた。

菜穂には医学部受験を目指していたことも、母のことも話したことはなかったけれど、大学に入学した頃からずっと私に付き合ってくれているだけに、何か感じるところがあるのかもしれない。

「菜穂に頼まれたブックアドバイザーの話なんだけどさ」

「うん」

「私、やってみたいと思う。上手にできるかわからないけれど、自分の本の知識がどれくらい通用するのか試してみたいし」

そう言うと、菜穂は目を見開いて驚いたあと、にやりと笑った。

「やっぱり……絶対、いいことあったね？」

「あはは」

「もう、ごまかさないでよ」

菜穂はふてくされていたけど、深くは追及しないでくれた。私は菜穂に気付かれないように、そっと笑う。

私がこうして前向きになれたのは、彼女のおかげでもあった。

煮え切らずグタグタと悩んでいた私に何度も声をかけてきてくれたから、今こうしていられる。イベントが成功したら、ちゃんと菜穂にもお礼を言いたい。

「あ、もうこんな時間だ。ごめん、私ここで失礼していい？」

時計を見ると、優人とカフェで落ち合う時間が近づいていた。

「うん、大丈夫だよ。晴香、聡美！　こっちは切り上げるけど、そっちはどう？」

離れたところで会場内の装飾を担当していたふたりに、菜穂が声をかける。

「こっちももう終わりにするから先に上がっても平気だよー！」

明るい声が返ってきて、晴香と聡美が手を振ってくれた。

「ってことだよ。なあに？　待ち合わせ？」

「うーん、そんなとこかな」

「あ、もしかして彼氏？　そっか、なるほどね」

菜穂が意地悪そうな笑みを浮かべながら、肩を小突いてくる。

「いや、そういうのじゃないよ。じゃあ、ごめん。また明日！」

「うん、明日もよろしくね！」

イベント会場をあとにすると、その足でまっすぐにカフェへと向かった。

早く優人に会って伝えたかった。

母と話し合えたこと。大学を辞めなくてよくなったこと。兄が来てくれたこと。医師を目指していたと思っていた兄も悩んでいたこと。

何よりまずお礼が言いたかった。優人が背中を押してくれたから、私は母と向き合うことができた。優人がいてくれたから、この先の未来が晴れやかになった。

人の多い繁華街を潜り抜け、通い慣れたビルの中に入る。

一見マンションの入口と間違えそうになる無機質なドアを、私はもうためらいなく開けられる。

「いらっしゃいませ」

愛想よく出迎えてくれたのはお馴染みの店員。もう目線を合わせるだけで席まで案内してくれる。

優人はもういると思っていた。このカフェで落ち合うとき、いつも私よりも先に着いて、本を読んでいたから。

今日は、なんの本を読んでいるだろう。足取り軽くいつもの席へ向かうと、

「あれ……」

けれど、そこに優人はいなかった。

こんなことは初めてだった。でも、きっとそのうち来るだろう。

私は特に気にせず、飲み物を注文する。そして本を読みながら優人を待つことにした。

読後の余韻から覚める頃、優人が私の表情を楽しそうに見ているはずだった。

読み終わった本を静かに閉じる。ひと息ついて、顔を上げた。けれど優人はまだ来

まで経っても優人は現れなかった。
連絡もとれないから、私は仕方なく終電近くまでそこで優人を待った。けれどいつ
優人がカフェに来なかったことなんて今まで一度もなかったのに……。
どうして来なかったんだろう。
時計を確認すると、いつもならもう帰る時間だ。
ていなかった。

翌日、大学に行く前に優人の泊まっているホテルに顔を出してみることにした。もしかしたら風邪をひいて寝込んでいるのかもしれない。

ホテルのフロントに行くとオーナーではない女性が受付に立っていた。

「篠崎優人さんですか？」

優人を呼び出してくれるようにお願いすると、女性は私のことを一瞬不審そうな目で見たあと、にっこりと笑顔を貼りつけ、「申し訳ありませんが、そのような方は宿泊しておりません」と答えた。

まさかそんな返答がくるなんて思っていなくて面食らう。

「あの、オーナーはいますか？」

「今日は、戻る予定はありません」

その女性に冷たく門前払いをされてしまったので、図書室に入りたいと申し出る勇気も出ず、私はそのまま仕方なく大学へと向かった。

その日の夕方も私はホテルに顔を出した。だけどオーナーは不在で優人のことを確かめられなかった。そのあとは終電近くまでカフェで待機していたけれど、結局優人は現れなかった。

優人に会うまではいつもひとりだったのに、カフェで本を読む時間がやけに長く感じた。

本を開いても、その内容がまったく頭に入ってこなくて、閉じてはまた開く。本を閉じるたびに店の入口をまだかまだかと眺めていた。

だけど結局、その日も優人に会うことはできなかった。

「こないだは元気だったのに、今日は恐ろしいくらいに元気がないね」

「あ……うん」

イベントは三日後だというのに、まったく作業に集中できない。私は菜穂に生返事をする。

「ねぇ……文乃、大丈夫？　具合が悪いの？」

「え？　あ、違うの。大丈夫だよ」

菜穂にたずねられ、はっとなって振り返った。心配そうな顔をして覗き込んでいた菜穂に、笑顔をつくってみせる。だけど上手に笑えない。

優人のことが気になって仕方なかった。

あれから優人と一度も会えていない。彼に何かあったのかと心配になる。

満月は三日後。優人が言っていたことが本当なら、彼が帰るのはまだのはずだった。

イベントに来てくれるって約束してくれたし、本の世界に出てきた最後の場所にも行けていない。

約束を果たさずにいなくなるなんて、優人はそんなことをする人ではないと信じたかった。

だけど、もしかしたら帰る予定が早まってしまったのかもしれない。このままもう会えなくなるんじゃないかとも思ってしまう。不安になって泣きたくなってきた。

「なんか、全然大丈夫って感じじゃないんだけど……。ねぇ、文乃。もしよかったから話を聞くよ？」

「菜穂……」

「私なんかじゃ頼りないかもしれないけれど、話したら少し楽になるかもしれないし、何か変わるかもしれないし」

菜穂が真剣な眼差しで私のことをじっと見てくる。

菜穂のことを頼りないなんて思ったことはなかった。むしろ、菜穂の多少強引な性格に私は助けられてきたんだと思う。確かに、相談することで何か変わるかもしれないし、心配をかけたままでは申し訳ない。

「あの……ね」

「うん」

ゆっくりと口を開いたそのとき、

「やっぱり文乃っち、悩み事なの？　もしよければ私も力になるよ」

「私もだよ。見ているこっちがつらくなるくらい元気ないから、私も心配しているんだよ」

聡美と晴香も不安そうな表情を浮かべて寄ってきてくれた。そのふたりの表情を見て、私は一瞬固まってしまう。

「あ……、私たちには話しにくい？」

「それなら、席外そうか」

聡美と晴香が、気を遣いながらも寂しそうな顔をする。菜穂だけじゃなくて、ふたりも本当に心配してくれているんだと思ったら胸が詰まった。私は首を横に振って三人を見る。

「もうすぐ本番なのに、三人を心配させるような態度を取っちゃってごめんなさい」

「何言っているのよ。悩んでいるなら、イベントが近いとか関係ないよ」

「そうだよ。ただ文乃っちが心配だからさ」

準備期間はたったの二週間だったけれど、私たちはほぼ毎日顔を合わせて、助け合いながら作業をした。その中でこんなふうに絆が生まれたのは素直に嬉しかった。

「本当に私的な話で申し訳ないんだけど……」

私は三人に、優人とのことを相談することにした。

優人と出会い、一緒にいろいろな場所へ行ったこと。イベントの構想を一緒に考えてくれたこと。そして、帰るのは三日後の予定なのに、急に優人と会えなくなってしまったこと。

順序立てて話すことができなかったけれど、三人は私の話を最後まで聞いてくれた。

「そっか……。連絡が取れないなら、やきもきするね」

「イベントに来てくれるって約束しているなら、来てくれるんじゃないかな」

菜穂と晴香が優しく私を慰めてくれる。

「うん、そうだといいんだけど……」

ふたりの言葉を聞いていると、やっぱり私が考えすぎているだけのような気もする。

少し気持ちが軽くなったとき、

「でも一番可能性が高いのは、どうしても帰らなきゃいけなくなったってことじゃないかな。親に呼び出されたとかさ」

聡美にそう言われて、私は「え……」と固まった。ホテルにもカフェにもいないということは、確かにその可能性が高い。今度はずしりと気分が沈む。

そうだとしたら、優人に次会えるのはいつなんだろう。

優人は夏休みが終わったあとも会いに来てくれるだろうか。もしかしたら、本当にもうこのまま会えないのだろうか。

来年までずっと会えない？　そもそも、来年入学してこなかったら？

悪いほうへと思考が展開していって、不安と寂しさがせめぎ合う。気づくとうるっと目元がゆるんでいて、ぽろりと涙が零れてしまった。

「あ、ごめん……えっと、泣かすつもりはなくて」

私の顔を見て、聡美が慌てている。違うの、と言いたかったけれど声が出なかった。

「だから正直すぎるのもよくないって、いつも思ってるのに……」

しばらく誰も何も言わなくて、ただ空気が重くなっていった。泣き止まないといけないと思っているのに、溢れ出した涙が止まらない。

「もう、文乃。大丈夫だよ。彼はイベントに来るって約束してくれたんでしょう。とってもいい子なんでしょう？　文乃との約束を破ったりなんてしないよ！」

菜穂が私の背中を優しくさする。その手があたたかくて、少しずつだけど自分の気持ちが落ち着いていくのを感じた。

「ねえ、もう一回、彼が泊まっているホテルに行ってきなよ。オーナーに会えれば、チェックアウトしてないか確認できるでしょう？」

そう言って菜穂は私を立ち上がらせる。

「イベントの準備は気にしなくていいから、今から、さっそく確認しに行ってきなよ」

「そうだね！　そのほうがいい」

「はっきりさせたほうがモヤモヤしなくて済むしね」

もしかしたら今日はオーナーがいるかもしれないし、菜穂の言うとおり彼女に会えれば優人がホテルにいるかどうかはわかる。それにここでめそめそしていたってしょうがない。

もし会えたら、今日は戻ってこなくても大丈夫だからねと、三人に見送られて、私はホテルへと向かった。

ホテルのフロントには誰も立っていなかった。

またオーナーがいなかったらどうしようと不安を抱えながら、私は呼び出し用のベルを鳴らす。すぐにフロントの奥から足音がして、びくびくしながらそちらを見た。

顔を出したのはオーナーで、私は一気に安堵《あんど》に包まれた。

「あら？　こんにちは」

「こんにちは。あの……、篠崎さんは今、ホテルにいますか?」

「え? 篠崎さんは、もう三日前からいないんですよ」

「……え?」

やっぱりもう帰っちゃったの?

私が明らかに落胆した顔をしたのだと思う。オーナーは「違うの、違うの」と慌てたようにそう付け加えた。

「ちょっと遠出してきますって言ってましたよ。聞いてないかしら?」

「……遠出ですか?」

「探したい場所があるって」

「探したい場所……」

私が立ち尽くしていると、オーナーは優しく笑った。

「チェックアウトはまだしていないから、戻ってくると思いますよ。あなたが来たことを伝えておきましょうか?」

オーナーの気遣いに救われる。優人とは会えなかったけど、まだ帰っていなかったという事実が、私を安心させた。

「お願いします」

私はオーナーに優人への伝言を残し、ホテルをあとにした。

優人はどこまで遠出したんだろう。

探したい場所と聞いてすぐに思い浮かんだのは物語の最後の舞台だった。

優人が私を連れていくと約束してくれた場所。

物語の中で、ふたりは蛍を見に行こうとしていた。優人は本当に蛍が見られるところを探しに行ったのだろうか。

あの本をもう一度読めば、手がかりが見つかるかもしれない。

私はそう思って、大学の図書館へ向かった。


現代文学が並ぶ本棚に向かい、著者名を辿っていく。

シノザキマナト……。

だけど、シ行の棚にその本はなかった。

貸し出し中なのかな？

不思議に思いながら、パソコンで検索しようと、タイトル名に【僕は君と、本の世界で恋をした。】と入力する。

――該当データがみつかりませんでした。

「え……？」

題名が間違っている？

今度は著者名に『シノザキマナト』と入力した。

――該当データがみつかりませんでした。

どういうこと？

そのあと、タイトルの一部のみを入力して検索してみたり、著者名を『篠崎』や『優人』だけに絞ってみたりしたけれど、あの本に一致するデータはひとつも見つからなかった。

パソコンに登録されていないのかもしれないと思い、図書館司書に直接確認したけれど、「聞いたことも見たこともない」と返されてしまった。自分のスマートフォンでも、同じように検索をしてみたけれど、まったく引っかからない。

私は図書館を飛び出して、いくつかの書店に訪れ本を探した。けれどどんなに探しても、あの本は見つからなかった。

私はとぼとぼと帰路を歩いていた。

気を抜いたらこの場に倒れてしまいそうなくらい、身体に力が入らなかった。

なんであの本が見つからないんだろう？

薄く覆われた雲の隙間から、うっすらと月が光っていた。まだ満月になるまで時間はある。

優人は今、どこにいるんだろう。

私は結局、優人のことを何も知らないんだ。

薄暗い路地を照らす外灯の光が、涙でぼやけて歪《ゆが》む。

彼について知っているのは『僕は君と、本の世界で恋をした。』を書いた作者だということだけ。それなのに、その本も、篠崎優人という作家も存在しない。もし、篠崎優人という存在すら、彼の嘘だったら――。

これまでのことがすべて夢だったのではないか、なんて思ってしまう。

優人はもう私のもとには現れないかもしれない。

そこまで考えたとき、胸の奥から痛みと寂しさが溢れてきて、涙が出そうになる。

でも、優人が言っていた満月は三日後。オーナーも、チェックアウトはしていないと言っていた。だからあと三日、彼を信じて待とう。

私は微かな望みを心の中で小さく呟いて、涙を拭いた。

優人には結局会えないまま、八月の最終日を迎えた。

イベント開催当日は晴天に恵まれ、会場となる大学の中央広場には、フリーマーケットやワークショップに訪れた客で賑わっていた。私たちが出店するブックカフェは、その中央広場に隣接した建物の食堂内にある。

テーブル席が店内の外周を囲むように並び、その各テーブルには小さい本棚を置いた。店内の中心にはサークル活動のメインとなる展示と、ブックアドバイスコーナーを設けている。

『あなたのカフェ時間を豊かにする本があります』

そのキャッチフレーズのもと、各テーブルの本棚や展示には、映画やアニメなどにメディアミックスされた小説を用意した。すべて私たちが選んだもので、おすすめ理由をポップに書いて紹介している。

有名な場面や台詞などが書かれているページを明記したり、原作小説にしかないストーリーやエンディングの違いなどをまとめたりして、手に取ってもらえるように工夫した。イラストを描き、カラフルなデザインにしたから、見ていて楽しいポップに仕上がったと思う。

チラシを配って呼び込みをした効果もあってか、カフェに訪れるお客さんの数はどんどん増えて、テーブル席はすぐに埋まった。メニューはコーヒーや紅茶以外にも、子供向けのジュース、年配の人も飲めるよう緑茶まで用意してもらった。おかげで、幅広い年齢の人がカフェに足を運んでくれたように思う。

メニューを運びながらお客さんを観察していると、私たちのポップを読んで、本を手にしてくれる人が目についた。展示コーナーを見て、どんな作品があるのかと興味を持ってくれる人もいる。たくさんの人に本を読んでもらうきっかけを与えられた気がして、私の心は充足感に満ちていた。

「文乃、二時からは予定どおり、ブックアドバイザーの担当よろしくね」

午後になり、この日のためにまとめたノートをそわそわしながら読み直していた私に、菜穂が声をかけてきた。

「もしかして、緊張してる？」

「……うん」

ノートにはブックカフェ内に展示してある作品の詳細以外に、活字が苦手な人でも読みやすい本の選び方や、気軽に本を読むコツなどを書いている。

優人が教えてくれた本も参考にして、ブックアドバイザーの役割を全うできるよう、いろいろ調べてまとめたものだった。

「文乃なら大丈夫だよ」

「うん……頑張るね」

優人はまだ来ていない。けれど今は私がやるべきことに集中しよう。そう思って、私は気持ちを入れ替えた。

ブックアドバイスコーナーに入ってすぐは、展示を見に来てくれたお客さんに作品を紹介したり、すすめたりすることで時間が過ぎていた。

アドバイザーとしてだいぶ慣れ、緊張も解けてきた頃、

「あの……、すみません」と年配の女性に声をかけられた。

「うちの孫、読書が苦手なんですが、どうしたらいいかしら？」

その女性は小学校低学年くらいの男の子を連れていた。男の子は不服そうな顔で私を見上げている。本に興味がないのだろう、いかにもつまらないといった様子だ。

「お孫さんは普段、何に興味がありますか？」

「そうね、アニメとかゲームが好きみたいね。なかなか本を読んでくれなくて、困っているの」

「だっておばあちゃんが買ってくる本って文字ばっかりで、つまんないんだもん」

男の子がふてくされたように言う。私は展示の中からアニメがノベライズされている本を手に取って、

「それなら、こんな本はどうかな？」

と、男の子に中身を見せた。どのページにもイラストが入っているものだ。

「え？　これが本なの？　僕が持っているのと全然違う」

男の子は興味を持ってくれたのか、身を乗り出す。

「そうでしょう？　こういうふうに絵がいっぱい入っている本ならどうかな？　読めそう？」

「うん。おもしろそう。これなら読めるかもしれない」

男の子に本を渡してから、私は女性に向き直る。

「イラストがあると、文章の内容がイメージしやすくなって、読みやすいんです。読書に慣れていなくても、そのうち文字への苦手意識が低くなっていくと思いますよ。文字ばかりの本じゃないといけないなんて思わず、あえて、イラストが入っている本を買ってあげてください。そのほうが文章を読む力が身に付くと思います。好きなアニメやゲームのノベライズ作品から試してみてください」

説明を聞いた女性は納得したように頷いてくれた。

「そうなのね。本を読ませたくて文字の多いものを選んでいたけど、逆効果だったのね。ついでに私のことも相談していいかしら。最近、久しぶりに本を読もうとしたら、本の内容が頭に入らなくなっていて驚いたの。昔は読めていたのよ」

彼女の話に相槌を打つ。それでも本を読みたいという気持ちが伝わってきた。

「ご家庭などが忙しい方によくあることなんです。本を読む力が落ちてしまったのかもしれないですね。でも、以前読めていたのなら、活字を読む時間をつくっていけば、また読めるようになるはずですよ」

「そうなの？」

「まずは本屋さんに行って、おもしろそうだなって思った本を買って、そしていつも持ち歩いてみてください。大事なのは、読まなきゃいけないって思わないことです」

私は近くにあった本を手に取って、説明を続けた。

「ちょっとした時間ができて、そういえば本を持っていたなと思い出したら、読んでみてください。同じページを何度読んだっていいんですよ。それだけで十分、活字慣れに繋がります」

女性が、それでもいいのねと安心したように笑ってくれる。

「このときにポイントなのは、この本は読めない、楽しくないって思ったら、もうその本は読むのをやめること。全部読まなきゃとは思わず、ほかの本を探してみてください。そんなことを繰り返していくうちに、また読めるようになっていたりします」

私が本のページをめくりながら言うと、女性はゆっくりと頷いてくれた。

「ありがとう。よくわかったわ。試してみるわね」

女性と男の子が笑顔で去っていったから、私はほっとして息を吐いた。お客さんが途切れたから軽く伸びをしていると、突然、後ろから声がした。

「文乃、しっかりやっているじゃない」

「お、お母さん……お兄ちゃんまで！」

振り返ると、母と兄が笑いながら立っている。母は普段あまり着ないような余所行きの服を着ていた。

「お袋が文乃の様子を見に行きたいってうるさくてさ。そのくせひとりで行く勇気がないなんて言うから連れてきてやったんだ。文乃、なかなか様になっていたな」

ふたりに褒められて、照れくささをはぐらかすように笑った。

「文乃のそんな生き生きした顔、お母さん今まで見たことなかった気がする。よかったわね。やってみたいということが見つかって。頑張っている文乃を見たら、お母さん、とても安心したわ」

母が本当に安心したように笑うから、私はさらに恥ずかしくなる。心から私のことを気にしてくれていたんだ。そう思ったらもうはぐらかせない。

「これからも、この大学で頑張りなさい」

母がまっすぐに私を見て言う。頑張りなさい、なんて今まで何度も言われていたはずなのに、こんなに心に響いたのは初めてだ。

「はい、頑張ります。ありがとう。お母さん」

私は一度頭を下げてから、同じように母をまっすぐ見た。医師にはならないと決めた私のことを、別の道に歩もうとしている私のことを、母が応援してくれている。それだけでまた、泣きそうになった。

そのあとも、質問をしてくれるお客さんの対応をしていたら、慌ただしく時間が過ぎていった。気づけばイベント終了時間になろうとしている。

客数も落ち着いてきて、先にカフェの販売に【終了】の札をかける。私はブックカフェに残っているお客さんを眺めながら、優人を探していた。けれどどんなに目を凝らしても彼の姿は見当たらない。

もうすぐ終わっちゃうのに何しているの……優人。

そういえば古本市に行ったときも、優人が全然現れなくて、こうして不安になっていた。でもあのときと今日では限られている時間が違う。

会場に残っていたお客さんがすべて引き払ったところで、ブックカフェは閉店した。

「お疲れ様でした。今日は本当にありがとう」

菜穂たちがイベントを手伝ってくれた学科の友人にお礼を言っている。イベント自体の終了時間になって、閉店したブックカフェにひっそり、私たち四人だけが残っていた。

溜息が零れる。閉店までカフェの入口で優人を待っていたけれど、結局来てくれなかった。振り返って店内に戻ると、戸惑った様子でこっちを見ている三人と目が合った。ここも撤収しなければ。いつまでも来てくれない優人のために、そのままにしておくことはできない。

　私は気持ちを整えるように深く息を吐き出す。

「片づけ、はじめよっか？」

　私が菜穂たちにそう言ったとき、

「文乃！」

　ずっと待ち望んでいた声が聞こえて、心臓が飛び上がりそうになった。

　振り返ると、そこには息を切らして前かがみになっている優人がいた。嬉しさが込み上げてきて、思わず目元に涙が溜まる。

　私と目が合うと、優人は初めて会ったときのように目尻をくしゃりと優しく下げた。

　その笑顔を見て、私は優人に思いっきり抱きついた。

　もう会えないのではないかと不安だった。あの本のように、優人まで存在しないものになってしまったのではないかと思って怖かった。

　だけど会えた。会いに来てくれた。

　私はぎゅっと優人を抱きしめる腕に力を込めた。

「何も伝言を残さずに出かけちゃってごめん。心配してホテルにも来てくれたんだよね。本当にごめん」

優人は少し戸惑ったような口調だったけれど、私を引き離すことはしなかった。

「本当だよ。何も言わずにいなくなっちゃうから、もう会えないのかと思って不安だった」

「あの場所を探すことで頭がいっぱいになっちゃって。気づいたら電車に飛び乗ったあとだったんだ。でも絶対見つけてから帰りたいって思ったから、引き返せなかった」

そこでふと視線を感じて、私たちは抱き合いながら振り返った。菜穂たちが口元を楽しそうにゆるめながら会釈をしてくる。私は恥ずかしくなって、ぱっと優人から離れた。

「もしかしてイベント終わっちゃった？」

優人が会場内の様子を見回して、不安げに聞いてくる。

「あ……、う、うん」

私が口ごもりながら答えると、

「いいえ、終わっていませんよ。特別にご招待いたします」と、聡美がかしこまった口調で言う。続いて菜穂が私たちの方に歩いてきた。

「初めまして。私、文乃の友人の菜穂といいます。今回のイベント、優人さんも案を出してくれたんですよね。ありがとうございます」

「いや、僕は……」

「ぜひ展示をご覧になってください。こちらへどうぞ。文乃さんも一緒に」

菜穂が丁寧に私たちを案内してくれる。展示コーナーから一番近いテーブル席へと私たちを座らせると、聡美と晴香がコーヒーとスコーンを持ってきてくれた。

「え？　これどうしたの？」

「私たちもカフェを楽しみたいじゃん？　だから前もって五人分、取り置きしておいてもらったの」

晴香がにっこりと笑った。優人の分も取り置きしてくれるなんて、心遣いに頭が下がる。

「私たちはあっちの席にいるから、ふたりはこちらでごゆっくり」

聡美と晴香が目配せをして、さっと離れてくれる。

「では、私もこれで失礼いたします。展示コーナーのご案内は、ブックアドバイザーの文乃さんにお任せしてよろしいですか」

菜穂が一貫してそんな態度を取るから、私はなんだかおかしくなる。

「はい。お任せください」

私も真似してそう言うと、菜穂がウインクをしてふたりのところへ去っていった。

「とても素敵な友達だね」

くすくす笑いながら優人が言う。

「うん。でも最初はね、みんなこんな感じじゃなかったんだよ」

「イベントの準備で協力して、絆が深まったんだね」

「うん、本当にそう。イベントね、お客さんがいっぱい興味を持ってくれて、大成功だったんだよ。あと、優人との約束どおり、お母さんともちゃんと話し合えたんだよ。今日はイベントまで来てくれたの。お母さん、私の気持ちをちゃんとわかってくれて、大学も退学しなくていいことになったの！」

話したいことがどんどん出てきて止まらない。優人は優しく笑って私の話を聞いてくれていた。

「そうなんだ！　それはよかった」

「優人、本当にありがとう。優人のおかげで素敵な仲間ができたし、お母さんにも理解してもらえた」

ちゃんとお礼を言えてよかった。今の私がいるのは、いつだって優人が背中を押してくれたからだった。

「それは違うよ。文乃自身が本当に素敵な人だから、いい仲間も揃うし、理解をしてもらえたんだよ」

「……ありがとう、優人」

私たちはコーヒーを口にしてから、展示コーナーを一緒に見て回ることにした。

優人はほとんどの作品を知っていたから、私が説明することはあまりなかったけれど、本の内容について共感し合い、それぞれの意見を言うのはとても楽しかった。

ブックアドバイザーとしてもできる限り力を尽くせたことや、今日のためにまとめたノートを見せたら、こちらが恥ずかしくなるくらい褒めてくれた。

「あ……、そうだ。残念だけど、ここでそんなに時間を使ってられないんだった」

ふたりで話していると、突然、優人が声を上げる。

「え？」

「文乃、今すぐ出られる？」

「今すぐ？」

「文乃とあの場所に行きたい。チャンスは今日だけなんだ。それにあまり遅くなると間に合わないかもしれない」

「でも……」

私たちのために展示の片づけを待ってくれていた三人に視線を移す。すると、どうやら私と優人の会話をしっかり聞いていたようで、菜穂がすぐに近づいてきてくれた。

「いいよ。片づけはこっちでするから」

「え？　でも」

「文乃はまだ私たちの正式メンバーではなく、サポーターですからね」

そこで菜穂がしたり顔で笑う。聡美と晴香もそんな菜穂の後ろでにやにやしていた。

「でも私、正式メンバーになるって決めているよ」

「うん。そう言ってくれるってわかっていたよ。じゃあ、明日から正式にサークルに加入するってことでいいかな？」

「明日から？」

「そう。今日はサポーターだから、帰っていいよってこと」

それでもぐずぐずと渋る私に、

「文乃。お言葉に甘えさせてもらおう。できれば、今すぐ出たいんだ」

優人が少し焦った顔で、そう言った。

菜穂がどうぞと手を振れば、聡美と晴香も笑顔で大きく手を振ってくれた。私は一度菜穂に向き直る。

「菜穂、本当にありがとう。私をサークルに誘ってくれたこと、とても感謝してる」

「こちらこそ、ありがとうね、文乃」

そしてそのまま私は優人に急かされて会場の外に出た。

「急ごう」

大学構内の中央広場を歩き出すと、優人が私の手を取った。

繋がれた手はあたたかくて、ずっと会えなかった寂しさも忘れられるくらいに胸を熱くさせる。

私は優人の手を力強く握り返した。

＊＊＊

「蛍が生息している場所を見つけたよ。一応、初夏が過ぎたあとにも見たっていう話があるんだけど……」

彼女に蛍を見せたくて、僕は情報をかき集めた。どこまで本当かはわからないけど、夏の終わりにも蛍がいるという場所を耳に入れて、僕はすぐさま彼女に報告した。

そこはある草原だった。一縷《いちる》の望みを持って、僕たちはそこに出かけることにした。

胸がずっと高鳴っていた。僕は移動の間ずっと彼女の手を握っていた。彼女も僕の手を離すことはなかった。

高いビルも街の喧騒も遠くなり、僕たちはひっそりとふたりだけの空間が広がる草原を歩いていた。

空には星が瞬いていて、月の光に照らされた足元は明るかった。隣を歩く彼女を見ると、なぜだか泣きそうな顔をしていた。どうしたのかと問えば、彼女はそれには答えず、急に笑顔をつくる。そして突然走り出して――。

「ねぇ見てください！　あの場所、光ってませんか？」

＊＊＊

私たちは電車に揺られていた。『僕は君と、本の世界で恋をした。』に出てくる最後の場面――ふたりが蛍を探しに行った草原に向かっている。

電車の窓から見える景色はどんどん見知らぬものへと変わっていった。

会場を出てからずっと優人に繋がれている私の手。その手が多少汗ばんでいても、離したくなかった。

優人が今、私の隣にいる。優人がどこの誰なのか本当のところはわからない。だけど優人は存在している。今はそれだけで十分だと思った。

夕暮れの光に照らされて流れていく景色が、キラキラと光っている。まるで知らない世界へ旅立つような気分。だけど不安はまったくなかった。

むしろ優人となら、どこまでも一緒に行きたいと思った。

二時間くらい電車を乗り継ぎ、私たちはとある田舎町の駅に着いた。ふたりでバス停のベンチに座る。

　空はもう真っ暗だった。あたりは電気のついた建物や店がないから薄暗い。広いロータリーには停留所がたったひとつだけ。誰もいない静まり返った待ち合わせ広場。ロータリーから延びた幅のある道路。視界のずっと向こうにはうっすらと低い山が見えた。座ったベンチは外灯のおかげで手元が見えるくらいに明るい。

「ねぇ、優人。本に書かれてたみたいに、本当に草原が光るの？」

「それは行ってからのお楽しみ」

　優人はそう含み笑いをするだけで、何も教えてくれなかった。バスの時刻表を見ると、次がくるまでまだ少し時間がある。

　隣に座る優人を盗み見た。彼はじっと夜空を見上げている。その視線の先には真っ暗な空に浮かぶ月。それはまんまるにも見えるし、少し欠けているようにも見える。

『八月の満月の夜に帰るよ』

　優人の言葉を思い出す。

　本当に満月の夜に帰ってしまうなら、彼と一緒にいられる時間はあと少ししかなかった。

　優人にまた会えたことが嬉しくて、そのことを少しだけ忘れていたけれど、月を見たらまた思い出してしまった。

ホテルの図書室で優人の自宅についてたずねたとき、彼は遠いところだとしか言ってくれなかった。優人が書いたという本は、出版されていなかった。

じゃあ、私が読んだあの本は何？

一度目は大学の図書館で、二度目は優人が泊まっていたホテルの部屋で。

本を読んだとき、どちらも優人が近くにいたことだけが確かだ。

優人は何者なのか、本当に今日帰ってしまうのか。疑問ばかりが浮かび不安が沸き上がる。

——また、会えるのだろうか？

優人は、まだ月を眺めていた。

「……ねぇ、優人」

私が口を開いたとき、ブォンとバスが近づいてくる音が聞こえた。

「バスがきたよ」

優人が立ち上がって、そのままバスに乗り込んだ。私も優人に続いて乗る。バスの中は誰もいなくて、とても静かだ。

私は結局タイミングを失ってしまい、優人に何も聞けなかった。

バスは暮れた夜道をゆっくりと走っていく。道路沿いに目立った建物はなく、たまに外灯の光が窓に映り込んだ。

途中、何人か乗ってきたけれど、次の停留所で降りるよと優人が教えてくれたとき、車内は誰もいなかった。

優人が降車ボタンを押し、バスがゆっくりと停留所で停まる。

「君たちは、もしかしてあれを見に行くのかい？」

バスから下りようとしたとき、運転手に声をかけられた。はい、と優人が嬉しそうに頷く。

「月が綺麗だから、今日は見事だろうね」

私たちが降りたのを確認すると、運転手はそう言ってバスを発車させた。

「文乃。こっちだよ」

優人が手を差し出してきて、私たちは夜道を歩き出す。

小川沿いの道を進んでいくと、白く輝いていた月明かりは届かなくなり、足元が暗くなった。

「けっこう暗いんだね」

少し怖くなって前を歩く優人に声をかける。

「怖い？」

「ちょっとだけ」

「僕の手をちゃんと握っていてね」

「うん」

優人がぎゅっと手を握りしめてくれた。そのぬくもりが心強かった。

「ここから足元が滑りやすくなるんだ。だから気をつけて」

優人は一回一回私に教えてくれる。少しぬかるんでいるところも、優人が優しく引っ張ってくれた。

どれくらい歩いただろうか。真っ暗で何も見えない中、足がだんだん疲れてきて、進むペースが少し落ちた。

「あともう少しだから、頑張って」

優人が励ましてくれる。月明かりは木に遮られて相変わらず届かない。うっそうとした木々が永遠に続くのではないかというくらい蔓延《はびこ》っている。

本当にこの先に草原なんてあるのだろうか。

そう疑いかけたそのとき、周囲を覆っていた木々が突然はけた。

ぱっと目に飛び込んできたのは、一気にひらけた夜空と草原。それまで真っ暗だったのに、見渡す限りに月の光が射し込んでいて、私の足元ではゆらゆらと草が揺れていた。草原の真ん中には足場となる木の板がどこまでも続いている。

虫の声が耳に響いてくる。遠くの方からは水の流れる音が聞こえる。

「……すごい」

こんな光景があるなんて。

ずっと奥まで吸い込まれそうなくらい、道は先へ続いているのに、今まで感じていた恐怖はどこにもなかった。

「優人。私が先を歩いてもいい？」

目の前に現れた草原は本のように光ってはいなかったけれど、深い暗闇から抜け出した解放感が気持ちよかった。足元は月の光が十分に照らしてくれている。私はこの中を歩きたくてしょうがなかった。

「いいけど、草むらは濡れているから転ばないように気をつけて」

「うん」

優人の少し先を歩く。頬に当たる風は暑くもなく寒くもなく、春風のように心地よい。草と草がこすれるたび、さらさらという安らぐ音が聞こえる。

足場の上を少し駆けてみると、タンタンと木を軽く叩いたような音が聞こえた。その小気味のいい音が自分の足取りも軽くしてくれる。

そうやって進んでいくうちに、前方に白い光が見えた。

「優人！　あそこもしかして……」

振り返って優人に聞くと、彼が「そうだよ」と頷いた。嬉しくなって、私は思わず駆け出す。そこに近づくにつれ、光は強くなり、あたり一面真っ白な光景が視界をとらえた。

風が吹くと草原が一斉に揺れて、まるで夜空の星がキラキラ光っているように見える。

「綺麗……」

私は腰をかがめて、白さの正体に顔を近づける。それは丸い雪玉のような小さな花をつけた草だった。

「白雪星草《しらゆきほしくさ》っていうんだって」

私に追いついた優人が、同じように腰をかがめて教えてくれる。

「白雪星草……」

「本物の雪じゃないけれど、雪が積もったように綺麗でしょ?」

「うん。月の光でキラキラして、星にも見える。こんな花があったんだね」

私は立ち上がって、真っ白い草原を見渡した。

私たちのことを見守るように、周りは綺麗な光に包まれていた。なんだか奇跡でも見ているかのようだ。

「あの本を読んで想像はしていたけれど、実際に見るほうが断然綺麗だね」

私は感動をそのまま零す。ここに辿り着くまで、かなり時間がかかった。きっとあまり知られていない特別な場所なんだろう。

「文乃がそう思ってくれて嬉しい。この場所を探すの、実はけっこう苦労したから」

その優人の言葉が引っかかる。ずっと私の中にあった違和感がどうしてもぬぐえない。

「……でも優人はこの場所に一度来たことがあるんだよね？」

「あ……」

優人がしまったという顔をした。

それに、優人のことで気になっていることはまだたくさんある。

自宅がどこなのか教えてくれなかったこと。それにあの本の存在のことだって……。

「ねぇ、優人。あの本なんだけどね。大学の図書館に蔵書してなかったんだけど……」

おそるおそる聞く。優人はまた、前みたいにはぐらかしてしまうだろうか。

私が優人を見据えるようにじっと見ると、彼は観念したように頭を掻《か》いた。そして、背負っていたリュックから『僕は君と、本の世界で恋をした。』を取り出す。

「その本。図書館にも書店にもなかったよ」

「……実は、この本、まだこの世に存在していないんだ」

優人がゆっくりと本のページをめくりながらそんなことを言った。

「え？」

この世に存在しない？　だけど優人の手には確かにその本がある。

「未来から持ってきたんだよ」

「……未来？」

優人はいったい何を言っているんだろう。

「信じられないかもしれないけれど、僕は未来からやってきたんだ」

優人が冗談を言っているのだと思った。そのうち嘘だよと言って笑い出すかもしれないと思って、私は黙ったまま彼の言葉を待った。

だけど優人はずっと真剣な目をしたままで、私のことを見ている。

「僕ね、未来でこの本を読んだんだ。そして物語に出てくる場所に憧れて、実際にこの目で見たくなった。だから、この本を持って僕にとって過去であるこの世界に来たんだ」

優人がそう続ける。そんな突拍子もない話、普通だったら信じられないけど――。

「……本当に？」

「うん」

優人が奥付を開いて、発行年月日を見せてくれた。そこには今よりも五年先の日付が書かれている。驚いて何度も数字を確認してしまった。

「信じてくれた？」

優人がわざわざ小細工をしてまで嘘をつく理由は思いつかなかったし、何より彼の顔が真剣だから、信じざるを得ない。

「じゃあ来年、同じ大学に入学したいっていうのは」

「僕が本来いる世界の来年。本当は、文乃と同じ大学に僕は入学することになってる」

「すごく遠いところにある自宅って……」

「未来の僕の自宅」

そうか……だから優人は自宅の場所を言えなかったんだ。

頭を整理させながら、私はもうひとつ気になっていたことをたずねる。

「でも、どうしてこの本が図書館のおすすめコーナーにあったの？」

未来の本を大学の図書館司書が置くわけがない。

「文乃に読んでほしかったから、僕がわざと置いたんだ」

優人が気恥ずかしそうに笑った。つまり、優人は私のことを知っていたことになる。どうして、と聞く前に優人が口を開いた。

「でもおかげで文乃とこうして話すこともできた」

そう言って嬉しそうに笑う。

「僕は文乃と本の世界を辿れて嬉しかった。こうして文乃と過ごせるなんて思っていなかった。忘れられないくらい素敵な思い出ができた。本当にありがとう」

「……」

私は何も言えなかった。胸がきゅっと苦しくなって、同時に悲しくなる。もう二度と会えなくなってしまう最後の言葉に聞こえた。

「そろそろ帰ろうか。バスの時間がなくなっちゃう」

何も言わない私に、わざとなのか優人が明るい声でそう切り出して、ゆっくりと歩きはじめた。月の光が離れていく優人の背中を照らしている。

その照らされた身体が目の前から消えてしまうような気がして、私は慌てて優人を追いかける。そしてぱっと手を伸ばして、優人の服を引っ張った。

「優人……、本当に帰っちゃうの？　未来に？」

優人はゆっくりと振り返って、「うん」と言って笑った。目元はとても寂しそうなのに無理に笑顔をつくっているみたいだった。

「……今日、帰っちゃうの？」

「……うん」

「未来に帰るってことは、もう会えないの？　どうしても帰らなきゃ駄目なの？　今日じゃなきゃいけない？」

私は感情任せに優人に問いただす。懇願するように見つめると、彼も私を見つめ返してくれた。けれど優人は黙ったまま、小さく首を横に振った。

それは悲しい意味ではないと思いたかった。見間違いだと思いたかった。

だけど「文乃、ごめんね」と優人が謝ったから、そう思うことが許されなくなった。

優人の服を掴んでいる手が震える。

優人が隣にいることが心地よくなっていた。会えることが嬉しくなっていた。

優人のいない数日間はとても寂しくて、苦しかった。

それなのに……。

「嫌だよ……。優人とこれからも一緒にいたいよ……」

だけど優人は、今度は大きく首を振った。胸がいっそう締めつけられる。

「ごめん。それは無理なんだ。文乃……。こんな僕に今まで付き合ってくれて、本当にありがとう」

優人の声はどことなく震えていて、見つめ返してくる表情も悲しげだった。私の目にも涙がじわりと滲み、瞬きをした瞬間に零れてしまいそうだった。

優人と離れたくなかった。このまま会えなくなるなんて考えたくなかった。

会えなくなることが耐えられないくらい、優人の存在が私の中で大きくなっていたことに気づかされる。

「文乃、泣かないで……」

優人がそっと流れた涙を指で拭う。そして私の頭に触れて、ゆっくりと髪を撫でた。

その手がとてもあたたかくて、優しくて、余計に涙は溢れ出る。

目元や髪を撫でる手のぬくもりで優人の気持ちが伝わってくる。彼も私と同じ気持ちでいるのだと思った。

「文乃、笑って。文乃には笑顔が似合うから。本を読んでいるときの顔も、ちょっと拗《す》ねた顔も、照れた顔も、僕はどれも好きだけど、文乃の笑顔が一番好きだ。僕ね、文乃と出会えて本当によかったと思っている。文乃と本の世界を一緒に辿っているうちに、文乃のことを好きになっていた」

優人の声が私の心を撫で、そのまま揺さぶってくる。優人の言葉が嬉しいのに、とても切ない。

「文乃のことが好きだよ」

トクンと鼓動が波打った。

優人の声以外、すべての音がなくなってしまったかのようだった。私たちを包む空気が一気に静まる。

私も優人に出会えて本当によかったと思っていた。優人がいなかったら、今の自分はきっといない。本の世界を一緒に辿っているうちに、私も優人のことを好きになっていた。

「私も……」

言葉を続けようとすると、優人が突然私の口に手を当てて、その言葉を遮った。

「お願い。その先は未来で……。未来の僕に言ってほしい」

「未来で？　……っていうことは、また会えるの？」

「……うん」

優人とまた会えるのだと思って少しほっとしたけれど、彼の声にはどこか物悲しさがあった。

「本当に会える？」

必死になって聞く。優人はそんな私を見て、優しく微笑んだ。

「うん、会える。……文乃、未来で会おう」

優人は力強く頷いた。

優人が未来に戻らなくてはいけない時間は、ちょうど満月になる瞬間だということだった。私たちはその時間まで、この草原に一緒にいようと決めた。

「僕が帰る頃にはバスが走っていないから、ちゃんとタクシーを呼んで帰るんだよ」

「うん、わかってる。バス停にタクシーの番号が書かれているんだよね」

「本当にひとりで大丈夫かな？　僕、心配だな……」

「大丈夫だよ。私、さよならするならこの場所がいい。そしたら、優人とまた再会できるって思えるから」

そう思えたのは、あの本のおかげ。

本の中のふたりは、この場所で互いの気持ちを伝え合い、結ばれたから。ずっと本の世界を辿ってきたから、最後までふたりのように優人と過ごしたかった。

私は優人の持ってきた『僕は君と、本の世界で恋をした。』を手にしていた。

大学の図書館で優人に初めて話しかけられたあの日から、本に描かれた世界とは別に、私と優人の思い出も積み重なっていた。

本の世界のふたり。それを辿った私たち。それは似ているだけで、同じじゃない。

「ねえ、この本、五年後が出版日になっていたけど、ノンフィクションであることは本当なの？」

「そうだよ、それは嘘じゃない」

「じゃあ、本の中の彼女も実在するんだよね」

「え？」

「もう亡くなったって言っていたから気になって」

「ああ、うん」

そこで優人が少し口ごもる。

「それにこの本は、今から書かれるってことだよね？　本当に優人が……」

溢れ出してきた疑問をたずねようとすると、優人は「それはまだ秘密」と言って、私から本を取り上げた。

「……持って帰っちゃうんだね」

私は俯いてふてくされる。

「そんな顔しないで。未来のことは今知らなくてもいいんだよ。これからわかるから」

優人がそう言って笑った。少し納得がいかなかったけど、私の笑顔が好きだと優人が言ってくれたから「そうだね」と微笑み返した。

そしてゆっくりと優人の手を握る。これまで何度も繋いできた。私はまたこの手を握ることができると信じて、ぎゅっと力を入れた。

優人が空を見上げている。月はさっきよりも高く昇り、もうすぐ真上に届きそうだった。

あの月が優人を未来に連れていってしまう。そう思ったら、無性にあの月が憎らしく映った。

未来で会えるとはいえ、さよならをするのはやっぱり寂しい。

優人は空を見上げたままだった。何か考え事をしているのか、表情が少しずつ変わっている。だけどどこか楽しそうだったから、私は安心した。

そんな優人の姿をそっと見守っていると、私の視線に気づいたのか、彼がはっとしてこちらを見た。

「何を考えていたの？」

表情からしてきっと楽しいことなんだろう。

「ここに来る前のことを思い出していたんだ」

優人の私を見る目元が優しくゆるんだ。

「文乃を大学の図書館で見つけたときから、僕は文乃のこと、好きになっていたのかもしれない」

「……それって、一目惚れ？」

照れていることを隠すために、少しおどけて言ってみる。

「そうだなぁ……。ちょっと違うんだけど、それと変わらない」

「何それ」

優人から一度目を逸らして、ちらりと見る。好きだと言ってもらえることがくすぐったくて、嬉しい。だけどやっぱりどこか切なかった。

そのときふいにツンとする冷たさを感じて、私は驚いて空を見上げた。

目の前に白い粒がすっと落ちてくる。

「え……雪？」

信じられない光景だった。空からは舞うように白い雪が降り注いでいる。その景色はあまりにも幻想的で、私は声も出せずにただ空から降ってくるその白い粒を眺めた。

「僕のいた世界と繋がったんだ」

優人が隣でそう呟いた。空には満月が浮かんでいて、雪を降らすような雲はどこにもない。

それなのに、青白く輝く草原の上に細やかな雪が落ちていく。それはとても細かくて、肌に落ちると冷たいのに、雫がまったく残らなかった。

なんて綺麗なんだろう……。足元も空も、白く光っている。

その光景に見惚れていると、隣の優人が腕を動かした。彼はシャツの袖で目元をぬぐっていた。

「……優人……泣いているの？」

彼は大きく首を振り、腕を降ろして私に満面の笑みを見せる。涙は流れていなかったけど、目は泣いたあとのように少し赤くなっているみたいだった。

「ねえ、僕と約束してほしいことがあるんだ」

「何？」

「僕とこの本は今から消えてしまうけれど、必ず行ってほしいところがある」

「行ってほしいところ？」

雪が優人を隠すように降り続いている。私は泣きそうになるのを堪えながら優人に向き直った。

「僕たちが、初めて出会った場所」

「大学の図書館？　そこに行けばまた優人に会えるの？」

別れはとても寂しいけれど、優人にまた会える、そう思うだけで私の気持ちは少し明るくなる。

「うん……」

だけど優人は悲しそうに目を伏せて頷いた。

「それと……、この手紙」

優人がおもむろに一枚の便箋を私に差し出してくる。それには見覚えがあった。私がホテルに押しかけてしまったとき、テーブルの上に置かれていたものだ。

私は差し出された手紙を静かに受け取った。

「この手紙は、未来の『篠崎優人』と会えるまで、読まずに持っていて」

「優人に？」

「うん。きっとそのとき、その手紙が必要になるから。……約束してくれる？」

「もちろん」

再会の約束をしているのに優人が悲しそうな顔をするのは、私が約束を守ってくれるか心配しているからだろうか。「絶対約束する」と言ったら、優人がさらに涙を浮かべたから、不安になった。

「……私たち、また会えるんだよね？」

優人のその表情の本当の意味を知りたくて、彼のことをじっと見つめる。

「うん、会えるよ。未来で会おう」

今にも泣き出しそうな顔をしているのに、優人は大きくにっこりと笑った。そして次の瞬間、私の身体は優人の腕の中に引き寄せられていた。

一瞬、何が起こったのかわからなかった。

だけど優人のぬくもりに包まれていると気づいたとき、彼をとても愛しく感じた。

背中に回った優人の腕の力が強まる。

優人とはもうしばらく会えないのかもしれない。次の再会はずっと先なのかもしれない。

だから優人はそんな顔をするのだろう。

でもまた会えるなら、私は待っているよ。

だからそんな心配そうな顔をしないで……。

優人の存在は私の中で大切なものになっているから。

私は優人の胸の中に顔を埋めて、ぎゅっと抱きしめ返した。

「文乃……」

優人が私の名前を呼ぶ。その声がとてもあたたかくて、私は泣きそうになる。

互いのぬくもりを確認したあと、そっと身体を離す。私が顔を上げると、優人がじっと私を見つめていた。

まるでふたりの時間以外、止まってしまったかのようだった。

「優人……またね」

「……うん、またね。文乃」

優人が私の方へ顔を傾けて、瞼をゆっくりと閉じる。私もそれに合わせて、ゆっくりと目を閉じた。

優人が私にキスを落とす。それだけで私たちの心は通じ合ったと思えた。

「これだけは許して――」

優人が小さな声で私に謝ったけれど、最後のほうはよく聞こえなかった。

そっと目を開けると優人の姿はなくなっていた。

目の前には真っ白な草原が広がっているだけ。降っていたはずの雪も、さっと消えてしまった。

私は優人の存在を抱きしめるように、もらった手紙を胸に引き寄せた。

ふわりと優しく風が吹いて、ひとりになった私を励ますように、あたりが一斉にキラキラと輝いた。

＊＊＊

「ねぇ見てください！　あの場所、光ってませんか？」

彼女が声を上げて、前方を指差す。そちらを見ると、彼女の言うとおり、木々の切れ間の向こうが白く光っていた。

「行ってみよう」

僕たちは駆けるようにそこへ進んだ。彼女が転ばないように、手はしっかりと繋ぐ。

そこに辿り着いたとき、僕は息を呑んだ。

それは光り輝く真っ白な草原だった。まるで季節外れの雪が降ったかのような。

彼女も同じように感じたのだろう。繋いでいた手をぎゅっと握り返してきた。

僕らは時の流れを忘れてしまったかのように、その草原にしばらく見惚れていた。

そのうち、彼女が僕の肩にそっと寄りかかった。

「この場所にあなたと辿り着けたのが嬉しい……」

僕の隣で零れる吐息のような声。頬をくすぐる彼女のやわらかい髪。月明かりに照らされた白い肌。心地よい体温。彼女の一部が僕の五感を甘く包み込む。

僕は空いていたもう片方の手で彼女の腰を抱き寄せた。彼女の身体が僕の胸の中へすっぽりとおさまる。そのまま彼女の手が僕の背中へと伸びて、ぎゅっと服を掴んだ。

僕らはそのましばらく抱きしめ合ったあと、示し合わせたように互いの腕をそっとゆるめた。同時に僕らの視線がしっかりと重なる。

「……好き。あなたのことをちゃんと」

唇が重なる寸前、彼女の声が聞こえた。

＊＊＊

夏休みが終わり、大学は秋学期を迎えていた。大学構内の落葉樹は深緑から紅葉への準備をはじめ、夏の気配は一気に薄れていく。

夏休み気分が抜けない学生たちが大勢いる中、私は早々に気分を入れ替えていた。秋学期に入るにあたり受講科目も全体的に見直した。可能な限り興味のある自由選択科目を追加したら、菜穂は驚いていた。

文芸サークルには正式に入会していた。サークル室には私専用のマグカップや座布団も持ち込んでいる。今は十一月の大学祭に向け、夏よりも一歩前進した企画を立ち上げようと四人で盛り上がっていた。

以前は毎日のように訪れていた大学の図書館にはあまり行けなくなっていた。受講科目が増えたうえ、サークルに積極的に参加するようになったからだ。

それでも開館中に時間ができれば、本を読んでいる。図書館の奥のソファは相変わらずいつも空いていた。

だけどいつか、かつての安全地帯であるあの席を必要とする人が現れたら、譲ってあげたい。そう思えるようになるくらい、この大学には私の居場所が増えていた。

ある昼下がり、講義が休講になり時間ができた私は、図書館のおすすめ本を眺めていた。左側から目で追いながら、『これは読んだ、これも読んだ』と心の中で確認する。図書館に来る時間が少なくなったとはいえ、本は借りて読んでいた。今はもう本を読む場所はたくさんある。

まだ読んでいない本を見つけてソファに向かう。いつものように誰も座っていなくて、私は少しだけ気を落とす。

優人がいるかもしれないと期待する日々はこれからどのくらい続くのだろう。未来というくらいだから、もっと先のことなのかもしれない。

季節は冬に向かっていた。この席は奥まっているから暖房が行き届かず少し肌寒い。私は持ち歩いていた膝掛けをバッグから取り出した。

本を読み終わったとき、優人がいないかな……。

そんなことを考えて小さく笑ってから、私は手にしていた本を開いた。

読後の余韻に浸りながら静かに表紙を閉じたとき、

「あの……。その本、おもしろかったですか?」

という声が降ってきた。

「……え?」

驚いて、私は声のする方へと顔を上げる。

「僕もその本を読みたいと思っていたんだ。そしたら君がその本を読んでいたから感想が聞きたくて」

驚いて声を出せなかった。目の前に立っていたのは見たことのない男性だった。だけどその男性が言った台詞は――忘れもしない『僕は君と、本の世界で恋をした。』に出てきたもの。

私は何も答えられなかった。

その反応が予定外だったのか、男性は困ったように頭を掻いて苦笑いをする。

「僕、篠崎優人っていいます」

私はさらに自分の耳を疑った。その名前が彼の口から出た瞬間、私は呼吸すらも忘れそうになった。

「……しのざき……まなと……さん?」

もしかしたら聞き間違いかもしれないと思い、私はおそるおそる確認する。すると男性がしっかりと頷いたから、余計にわけがわからなくなった。

『篠崎優人』がふたりいるということなのだろうか。同姓同名の単なる偶然かもしれない。

だけど男性が口にした台詞は、本に出てきたものとまったく同じだったから、無関係とは言い難い。

素性がわからない目の前にいる男性に問いかけることもできなくて、頭の中で疑問を膨らます。

「あ……ええと、突然、声をかけてごめん。正直に言うと、君のことがとても気になって、話してみたくて……つまりは一目惚れしたっていうか……」

男性が似合わないくらい顔を赤らめて、そんなことを言うから、驚きながらも恥ずかしくなる。優人と同じ名前の男性が私に好意を寄せてくれているなんて……。

「隣、座っていいかな？」

「え……、はい」

戸惑いながらそう答えて、彼のために少し身体をずらす。けれど、この状況をどうしたらいいか正直わからない。

『きっとそのとき、その手紙が必要になるから』

混乱する中、私は優人の言葉を思い出した。まさか彼が優人の言っていた『未来の篠崎優人』？

隣に座ろうとする彼にかまわず、私はあれからずっと持ち歩いていた手紙を取り出した。

あの本は優人が未来に持って帰ってしまったから、誰も読むことはできないはずだ。だけど、その本と同じ台詞を言う人が現れた。

その理由は、この手紙に書かれているような気がした。

文乃へ

文乃がこの手紙を読んでいるということは、僕ではない篠崎優人に出会ったってことだね。

きっと文乃は今、混乱しているよね、ごめん。僕はずっと、文乃に嘘をついていた。

僕の名前は優人じゃない。本当は泳汰《えいた》っていうんだ。

そして、文乃のそばにいる彼が、本物の篠崎優人。

彼はこれから、彼女と実際に体験することを小説にする。

それが僕たちが辿った世界、『僕は君と、本の世界で恋をした。』だ。

あの本の本当の作者は彼なんだよ。

僕はあの本を読んで、そこに描かれた世界にどうしようもなく惹かれた。

だって僕が住む世界には、文乃と一緒に辿ったような、本に囲まれた生活はもう存在しないから。

信じられないかもしれないけど、そんな世界が未来にはあるんだ。

文乃のいる世界に来たとき、僕は本の中のふたりが出会った図書館をこの目で見てみたかった。

もちろん図書館の奥の席も……。

そしたらそこに、文乃がいた。

本に描かれていた世界がそのまま目の前に広がっていた。

愛おしそうに本を読む文乃を見つけたら、僕は声をかけずにいられなかった。

そのときはまだわかっていなかったんだ。

こんなにも文乃のことを好きになってしまうなんて。

文乃と過ごす時間は本当にあっという間だった。

文乃が隣にいるだけで、何をしていても楽しくて、嬉しくて。

この時間がずっと続けばいいのにと願った。

いつしか文乃と離れたくないと思ってしまった。

僕が未来に帰ることは変えられないのに。

僕と文乃では、住んでいる世界が離れすぎているのに。


文乃、ずっとそばにいてあげられなくてごめん。

僕に悩みを打ち明けてくれたこと、こんなことを言ったらいけないのかもしれないけど、実は嬉しかったんだ。

これからも話を聞いてあげられたら、文乃を支えられたら、どんなに幸せだったろう。


だけど文乃は自分の意志で未来を作れる強い芯を持った人だと思うから。

この先もいろいろ悩むことがあるかもしれないけど、文乃は自分を信じて、自分の気持ちを大切にしていけばきっと大丈夫。

僕が好きになった文乃は、本当に素敵な人だから。

文乃と過ごしたこの夏のことを、僕は一生忘れない。
文乃と辿ったこの世界は、奇跡以外のなにものでもない。本当に素晴らしい世界だった。

最後に、文乃に伝えたいことがある。
『僕は君と、本の世界で恋をした。』に出てくる彼女。
それは、文乃、君なんだ。
だから文乃はこれから本物の「篠崎優人」と本の世界を辿ることになる。
どうか、本の世界のふたりのように幸せになってほしい。
その先できっと、僕らはまた出会うことができるから。
僕は未来でふたりのことを待っているね。
文乃と出会えて嬉しかった。
本当にありがとう。

泳汰

僕らの目の前には月に照らされた白雪星草が光っていた。

月が明るいせいか、空にあるはずの星は見えない。

あの星のように、そのうち僕も彼女から見えなくなってしまうんだろう。

月が高く上がっていた。もうそんなに時間はない。

彼女が僕の手を握っている。その手が少し震えているのがわかって、ぎゅっと力強く握り返した。

僕はもうすぐ帰ることになる。僕が暮らしている未来。この世界よりずっとずっと先の未来へ。


僕が生まれた時代では、漫画や雑誌、小説もすべてデジタル化されていた。紙の本が出版されることはほとんどない。

誰もがひとり一台ずつタブレットを持っていて、教科書も絵本も辞書も、すべてその一台で読めるようになっていた。

製本されたものは重いし、嵩張《かさば》ってスペースも取る。

スペース縮小の効果もあって、図書館に置かれる本もデジタル化が進んだ。本屋の在り方も変わって、本を気軽に手に取ることはできなくなっていた。

だけど僕は紙の本の感触を知っていた。

文字を印刷したインクの匂い。時を経て紙が酸化していく香り。本によって違う表紙や内紙の手触り。ページをめくるときに指先が擦れる音。

僕はそのどれも好きだった。そしてデジタル化が当たり前に進んでいる世界で、僕は生まれたときからずっとそんな本に触れて育った。

僕の家には書庫があった。そこにはたくさんの本が詰まった本棚が並び、部屋の真ん中にひとつだけソファが置かれていた。

それは祖父が残してくれた部屋で、僕の一番好きな場所だった。

置かれている本は祖父が集めて大切に保管していたもの。祖父が自分で買った本もあるけれど、その多くはブックホテルを経営していた親戚から譲ってもらったものだと聞いている。

祖父は生前、その部屋で僕を膝に乗せて、たくさんの本を読み聞かせてくれた。絵本からはじまって、大人が読むような難しい本まで。僕が読んでほしいと言った本は難しくても説明しながら読んでくれた。ただ、ある一冊の本だけを除いては……。

祖父が隠すように棚の奥にしまい込んでいたその本が、いつも気になっていた。どうして読んでくれないんだろう。何が書かれているんだろう。

祖父が亡くなって、その書庫と本をすべて譲ってもらったとき、僕は初めて、その本を手に取った。

題名は『僕は君と、本の世界で恋をした。』、著書は『篠崎優人』。

そして最後のページには一枚の写真が挟まっていた。

写真には少年のような男性とかわいらしい女性が、真っ白い大地を背景にして映っていた。裏側には【二〇二×年八月。白雪星草の前でプロポーズ】とあった。

その本を読んですぐにわかった。これは祖父の恋物語。そして祖父がプロポーズするために書いた本なんだと。

祖母との思い出はないに等しい。

僕が物心ついた頃には亡くなっていたからだ。だけど祖母のことは、よく祖父から聞かされていた。

『彼女はね。優しくて、かわいくて、臆病なところもあるけれど芯の強い人だった』『彼女は本当に本が好きでね。本を読みはじめると、声をかけても全然気づいてくれなかったんだよ』『彼女が笑っているところを見ると、僕は本当に幸せな気持ちになれたんだ』

祖父は本当に祖母のことが好きだった。祖母のことを話すときの祖父はいつだって目元が優しくゆるんでいたし、楽しそうな声で話していた。

僕はその物語を、何度も何度も読んだ。本を読むたび、その世界に憧れた。

そして本の中の彼女が、本を読んでいるところを想像する瞬間、一番胸が高鳴った。

多くの本が並ぶ大学の図書館、カフェ、大型本屋、古本市、そしてホテル。たくさんの本に囲まれた場所で読書をして、本の感想を言い合って、恋に落ちていくふたり。僕の時代では、もうできないことだった。

高校三年生の冬。祖父たちが通っていた大学に合格が決まった僕は、前から願っていたタイムトラベル旅行を決行した。

いつか紙に印刷された本を再びこの世に送り出したいという夢を持っていたから、そのための勉強も兼ねて、僕は祖父が書いた本と一緒にタイムトラベルした。

彼女の視線に気づいて、僕ははっとする。

「何を考えていたの？」

彼女がやわらかい笑みを浮かべて、僕のことを見ていた。

タイムトラベルをする前のことを思い出しながら、僕はいろんな顔をしていたのだろう。本の世界に入り込んで、多くの表情を見せる彼女みたいに。

「ここに来る前のことを思い出していたんだ」

過去にタイムトラベルしてから、僕は数日間、本に溢れた世界を観光して回った。

ホテルに宿泊手続きを取り、カフェ、大型本屋と、本に描かれていた古本市と草原以外は何回も足を運んだ。そしてもちろん、こっそりと大学図書館にも訪れた。

在学生じゃない僕は、入口で誰かが来るのを待ち、入館する人の後ろについて中に入った。

図書館に足を踏み入れた瞬間、書庫に入るときと同じ匂いが脳を刺激して、興奮のあまり涙も出た。

ずらりと並んだ本棚。そしてそのすべてにおさまっているたくさんの本。走り出して叫びたくなる衝動を抑えるのに必死だった。

そして祖父の本に描かれていた図書館の奥のソファを探した。そのソファはひっそりと、たくさんの本棚に囲まれて、誰も知らない秘密基地を隠したような場所にあった。そしてそこに、彼女がいた。

サラサラした長い髪を耳にかけた横顔。透き通るような白い肌。ほっそりとした指先。本を読んで、写真を見て、僕が想像していたとおりの姿がそこにあった。

僕は彼女を見たい一心で、次の日、その次の日も大学の図書館に訪れた。

彼女はいつも図書館のおすすめ本を読んでいた。僕は彼女が来館する時間を見計らって、未来から持ってきた祖父の本をおすすめ本の棚に置いた。彼女がその本を手に取って、いつもの場所に座って、読みはじめる。夢中になって、笑ったり顔をしかめたり、表情がくるくる変わる。

僕は目が離せなかった。彼女しか見えなくなっていた。本を読み終わった彼女が僕に気づいたとき、声をかけずにはいられなかった。

「……それって、一目惚れ？」

「そうだなぁ……。ちょっと違うんだけど、それと変わらない」

「何それ」

本の世界を一緒に辿ってほしいと言った僕を受け入れてくれた優しさ。

本に夢中になって周りが見えなくなったり、僕の言葉に素直に喜んだり、拗《す》ねたりするかわいさ。

お母さんとのことで悩んで、前に進めなくなっていた臆病さ。

だけど自分のやりたいことを見つけたあとは、最後までそれをやり切る芯の強さ。

彼女は祖父の言うとおりの人だった。

草原では、ふわふわと小さな白い粒が彼女の長い髪に舞い降りてきた。

空には雲ひとつないのに、どこからともなく舞うように落ちてくる雪。

濡れるほどの雪じゃないことを知っていた。触れると冷たいけれど、水滴は残らず消えてしまう。

僕の暮らしていた未来でよく降る雪だった。僕がこの世界に来るときも、そういえば同じ雪が降っていた。

「え……雪？」

隣で彼女が驚いて、声を漏らす。

「僕のいた世界と繋がったんだ」

空を見上げると、僕を未来に連れていく月は、丸い光に満ちていた。

僕の時代に成功を遂げたタイムトラベル装置は、月の満ち欠けが影響する。満月になったとき、僕も、持ってきた本も彼女の前から消えてタイムトラベルしたその日に戻ることになっている。

僕は途端に悲しくなった。

未来には……。僕が帰る世界には、彼女はもういないのだ。

目の前の視界が一気に涙でぼやけた。彼女へ手紙を書いたときから、泣かないと決めていたのに、涙が勝手に溢れて止まらない。

もう僕は彼女に会えない。二度と会えないなんて……。

生ぬるい涙がどんどん溢れて、僕は慌てて服の袖を目元まで持っていく。

彼女がいつか僕と未来で会えると信じられるように、たくさん泣かなくて済むように、僕は泣いちゃいけないのに。

「……優人……泣いているの？」

彼女に声をかけられて、僕は大きく首を振って、袖の中で必死に涙を止める。力強く涙をぬぐって、思いっきり笑顔をつくった。

「ねえ、僕と約束してほしいことがあるんだ」

「何？」

「僕とこの本は今から消えてしまうけれど、必ず行ってほしいところがある」

「行ってほしいところ？」

彼女が首を傾げる。

「僕たちが、初めて出会った場所」

僕と彼女が初めて顔を合わせた場所、そして祖父と彼女が出会うはずの場所。

「大学の図書館？　そこに行けばまた優人に会えるの？」

彼女が嬉しそうな声を上げる。

「うん……」

それは僕ではないけれど、それで間違っていない。

僕はもう彼女に会うことはできないけれど、彼がちゃんと幸せにしてくれるはずだから。

「それと……、この手紙」

前もって書いていた手紙を彼女に差し出す。

『篠崎優人』が登場して、混乱するであろう彼女のために、そして僕ではなく彼と幸せになってもらうために書いた手紙。

「この手紙は、未来の『篠崎優人』と会えるまで、読まずに持っていて」

「優人に？」

「うん。きっと、そのとき、その手紙が必要になるから。……約束してくれる？」

一生懸命平静を装ったけれど、声が震えてしまう。

「もちろん」

彼女はそう答えてくれたけど、今にも涙が流れてしまいそうな僕の目元を見て、不安げな顔した。

「……私たち、また会えるんだよね？」

彼女が確認するように、僕の心を覗くようにたずねてくる。

笑わなきゃ。笑わなきゃ駄目だ。笑うんだよ。

心の中で自分を奮い立たせて、僕は彼女にとびっきりの笑顔をつくった。

「うん、会えるよ。未来で会おう」

元気に声を張り上げて笑ったけれど、そのせいで涙が零れてしまう。涙を見せたくなくて、僕は彼女をぎゅっと引き寄せた。

彼女の細い身体を僕の腕で包み込む。そのぬくもりがとても愛しくて、僕は腕に力を込めた。

「文乃……」

僕は溢れる思いを込めて、彼女の名前を呼ぶ。できるなら、もっと一緒にいたかった。文乃のことを近くで見ていたかった。本に夢中になっている顔も、僕に見せてくれる無邪気な笑顔も、ずっと、ずっと……。もう一度、力強く彼女を抱きしめる。このぬくもりをこれからもずっと忘れないように。

腕をゆるめたあと、僕たちはゆっくりと視線を合わせた。

「優人……またね」

「……うん、またね。文乃」

文乃の瞳に吸い寄せられる。

僕へまっすぐに注がれるその視線がたまらなくかわいくて仕方がなかった。

僕はゆっくりと文乃に顔を近づけていく。

僕が目を閉じると、文乃が同じように瞼を閉じているのがわかった。文乃が好きだ。僕の素敵な初恋。

「これだけは許して……優人じいちゃん」

僕は文乃にキスをする。

その瞬間、目の前から文乃のぬくもりがすべて、消え去った。

# 第七章　結ぶ未来

病院の待合室にある窓の外に目を向ければ、真っ白い粉雪が舞い降りていた。それは地面に落ちる前に蒸発してしまう雪。積もることのない雪が降るようになったのはつい最近のことだけど、はるか遠い夏の日にも私はその雪を見たことがある。

あれから長い年月を過ごしてきた私にとって、あの夏の出来事は瞬きするくらいの時間でしかなく、記憶も新しい思い出によって薄れていってしまった。だけどあの夏があったからこそ今の私がいるのだという思いは、ずっと強く残っている。

彼が未来に帰ってしまってから、何度の夏を繰り返し、どれくらいの時が経っただろうか。

それは夫と出会ってからの年月と同じだから、もうかなりのものになる。隣に座っている夫の姿を見て、私は目を細めた。

夫の隣には息子が座っていた。落ち着かない様子で、待合室の椅子から立ち上がったり座ったりを繰り返している。

「そんなにソワソワしないの。大丈夫だから」

「でもさ……」

心配を隠せない様子で私の顔を見る息子は、大人になってもまだ子供のようだった。

それがあの夏に恋をしていた男の子に重なった。

そういうことは今までも何度かあって、不思議な感覚にとらわれる。彼は私の初恋だったから、単純にかわいい息子に面影を重ねてしまうのかもしれない。

彼からの手紙はまだ持っていた。

『僕は未来でふたりのことを待っているね』という一文がやけに気になっていて、ずっと捨てられずにいる。

「文乃、寒くないか。僕のコート、貸そうか？」

こちらもまた心配そうな顔で私のことを覗き込んでくる夫に、『やっぱり親子ね』と頬がゆるむ。

そういえば、未来に帰ってしまった彼の手紙を読み終えたとき、涙目になっていた私のことを、夫は今と同じように心配そうな顔で見ていた。

＊　＊　＊

彼女とは図書館で出会った。

静かな図書館の奥の席。そこで彼女は真剣な表情で本を読んでいた。

本を持つ手に窓から淡い日差しが当たり、ほっそりとした白い指が本のページをめくる。長い髪がはらりと頬に落ちると、本を押さえていた左手で髪を耳へさらりとかける。僕は彼女のその仕草に見惚れていた。

とてもまじめな顔をしていたかと思うと、嬉しそうに口元をゆるめて、そうして今度は悲しそうに目を細める。

ころころと変わる彼女の表情に、僕は目が離せなかった。彼女の手元にある本を見る。だけど彼女の手におさまっているその本の題名までは確認できなかった。

「あの……。その本、おもしろかったですか?」

「……え?」

彼女が本を読み終わったタイミングを見計らって、僕は声をかけた。

「僕もその本を読みたいと思っていたんだ。そしたら君がその本を読んでいたから感想が聞きたくて――」

彼女はただただ僕を見つめるだけだった。僕は困って、頭を掻きながら苦笑いをする。

自分の名前を告げると、彼女はさらに戸惑った顔をして何も言わなくなってしまったから、僕は勢いにまかせて、一目惚れしたことを正直に伝えていた。

「隣、座っていいかな?」

僕が隣に座ろうとすると、彼女は何か思いついたようにバッグから一枚の便箋を取り出した。

僕はよくわからないまま、彼女の隣でそれを見守った。

手紙を読んでいる彼女は、息を止めているかのように静かだった。

そして手紙を読み終わったとき、彼女は目に涙を溜めて、どこか遠くを見つめていた。ここにはいない誰かのことを考えているようだった。

「……大切な人からの手紙だったんだね」

僕は思わずそんなことを口から零していた。彼女がはっとしてこちらを振り向く。そして頷くと同時に、涙が頬をつたった。

誰かが泣くのを見て、こんなにも自分が苦しくなったのは初めてだった。

「……はい。大切な人です。もう一緒にいられなくなってしまったんだけど、ずっと」

彼女が一生懸命笑顔をつくってみせる。彼女のつらい別れを知り、僕も苦しくなる。

それなら今度は僕が彼女のそばにいてあげたいと思った。

そんな涙目の笑顔でなく、心からの笑顔を見せられるように……。

＊　＊　＊

『文乃にとって大切な一冊にしてほしい』と夫が私にプロポーズするために書いてくれたのが、『僕は君と、本の世界で恋をした。』だった。その本を、五年前にも読んだことがあるなんて言ったら、きっと夫は驚いただろう。けれどプロポーズのときに渡された本は、なんだかまったく新しいもののようにも感じた。だってそこに描かれているのは真似事ではなく、自分たちで巡った世界だったから。

それでも、あの夏彼が私の前に現れなかったら、私は夫といろいろな場所へ訪れることはしなかったのではないかとも思う。

あの本はまさしく、私の人生を変えてしまう一冊になったのだろう。

そしてそれからずっと、夫は私のそばにいてくれた——。

夫を見つめて微笑んだそのとき、病院の待合室に大きな泣き声が響いた。

三人とも勢いよく立ち上がり、互いに目を合わせた。止めどない感動の渦が胸の奥から湧き上がってくる。

「篠崎さん、男の子ですよ」

看護師が生まれたばかりの赤ちゃんを連れて、三人のもとにやってきた。白いタオルに包まれた小さい命が、息子の手の中で産声を上げている。

「名前は決めたの？」

うるんだ目で我が子を抱いている息子にたずねる。

「——泳汰。篠崎泳汰」

「……泳汰」

その懐かしい響きに、あの夏の記憶が頭の中を駆け巡るように甦《よみがえ》った。

大学の図書館で私を見て笑った笑顔。カフェで真剣に話を聞いてくれたときの眼差し。あの広い書店で仕掛け絵本を見てはしゃいでいた無邪気さ。

『文乃……』

懐かしい彼の声が聞こえたような気がした。

「お袋も抱いてよ。泳汰を」

「うん」

私はおそるおそる泳汰を自分の腕に抱え込む。

生まれたばかりのその身体は本当に小さくて、かわいくて。でもしっかりと腕に感じる確かな命の重さがあった。

泳汰、あなたがそうだったんだね。

『僕は未来でふたりのことを待っているね』

あの手紙の意味が、今やっとわかった。

「優人、見て。ほら、とてもかわいい」

夫に告げると、彼も涙目になって笑っていた。

私が泳汰の手に自分の指を当てると、ぎゅっと握り返してくれた。

泳汰……、あのときもこうして手を繋いだね。

「泳汰。生まれてきてくれてありがとう。やっと会えたね」

彼に言えなかった言葉をやっと伝えられる。あの夏から、とても長い年月がかかってしまった。

「大好きよ」

生まれたばかりのこの子への愛と、あの夏の間だけ恋をした彼への愛も込めて、私はその小さな頬にキスをした。

END

# あとがき

はじめまして。このたびは私のデビュー作となりました『僕は君と、本の世界で恋をした。』を手に取っていただき、最後までお付き合いくださいまして、ありがとうございます。水沢理乃と申します。

この作品は小説投稿サイト・エブリスタで開催された『スターツ出版文庫大賞』の恋愛部門を受賞し、大変嬉しいことに書籍化となりました。

このような奇跡に巡り合えたこと、何度挫折を繰り返しても、ここまで歩き続けてきた甲斐があったと思わされます。

作中の文乃のように、私も受験勉強には失敗してしまいました。辛いこと、悲しいことが重なり、身動きが取れなくなって、逃げる選択をしたこともあります。

「逃げる」という言葉はあまり好きではありませんが、人生は何度でも新しい場所でやり直すことが出来る。私は実践を通して、そう信じています。

自分の心に素直に。そして勇気を持って、自分から踏み出す小さな第一歩を……。

私は本が大好きです。本を読んで感動し、気持ちが動かされ、救われることも多々あります。そんな大好きな本に囲まれた世界にいると、幸せな気分になります。